K INK INK INK INK INK INK
NK INK INK INK INK INK IN
K INK INK INK INK INK INK
NK INK INK INK INK INK IN
K INK INK INK INK INK INK
NK INK INK INK INK INK IN
K INK INK INK INK INK INK
NK INK INK INK INK INK IN
K INK INK INK INK INK INK
NK INK INK INK INK INK IN
K INK INK INK INK INK INK
NK INK INK INK INK INK IN
K INK INK INK INK INK INK
NK INK INK INK INK INK IN
K INK INK INK INK INK INK
NK INK INK INK INK INK IN
K INK INK INK INK INK INK
NK INK INK INK INK INK IN
K INK INK INK INK INK INK
NK INK INK INK INK INK IN
K INK INK INK INK INK INK
NK INK INK INK INK INK IN
K INK INK INK INK INK INK
NK INK INK INK INK INK IN

K INK INK INK INK INK INK
NK INK INK INK INK INK IN
K INK INK INK INK INK INK
NK INK INK INK INK INK IN
K INK INK INK INK INK INK
NK INK INK INK INK INK IN
K INK INK INK INK INK INK
NK INK INK INK INK INK IN
K INK INK INK INK INK INK
NK INK INK INK INK INK IN
K INK INK INK INK INK INK
NK INK INK INK INK INK IN
K INK INK INK INK INK INK
NK INK INK INK INK INK IN
K INK INK INK INK INK INK
NK INK INK INK INK INK IN
K INK INK INK INK INK INK
NK INK INK INK INK INK IN
K INK INK INK INK INK INK
NK INK INK INK INK INK IN
K INK INK INK INK INK INK
NK INK INK INK INK INK IN
K INK INK INK INK INK INK
NK INK INK INK INK INK IN

INK

文學叢書

196

匆忙的文學

邱立本◎著

目次

輯二 跨界閱讀

輯三　文化跋涉

輯四　文字輸出

輯五 經典緬想

輯六 讀家報導

【附錄】

百年的「吶喊」，「傳奇」的世紀

——《亞洲週刊》「二十世紀中文小說一百強」評審報告

匆忙的文學（代序）

沒有其他行業比記者更具有煥發生命的興奮感。這是沒有地圖的旅行，在生命的湍流中穿梭前進。

前進的動力就是激情。這是一種浪漫的、追尋眞相的狀態。記者筆下的新聞，是一篇又一篇的故事Story，但這些Story不是虛構的、也不是想像的，但卻可以呈現出現實中最具戲劇性的一面。記者不是小說家，但卻像小說家一樣重視場面的描述、人物性格的刻畫、情節的糾葛、高潮迭起，而一切都在匆忙的截稿時間之前完成。一切都是匆匆的，沒有太多的修飾，但卻緊抓現實的核心，發現眞相，也讓眞相與讀者相遇。

這就是匆忙的文學。如果文學是追求眞、善、美，新聞就是匆忙的眞善美。

在匆忙的眞善美追求中，也要展示平衡的、公道的、不虛假的特色。唯有眞的基礎，才有善的追求，也才有美學的感染力。

當然，今日的新聞也是明日的歷史，匆忙的文學，也是匆忙的歷史。但歷史的眞實需要不斷地沉澱，因而新聞的探索也是不懈的努力，在匆忙中呈現更全面的眞相。新聞作爲歷史的一份草稿，爲歷史眞相作出更重要的鋪墊。在漫長的歷史跑道上，別輸在起跑點上，因而記者採訪就肩負嚴肅的任務：這不是一時之爭，而是永恆的追求與永恆的志業。

永恆的志業其實來自一股浪漫的動力。在不斷移動的風景及往往難以預測的世界中，不斷發掘事件的眞貌。尤其在一些調查性報導中，記者要打開一些被鎖住的眞相，發掘一些本來永遠被埋葬的新聞。這是一場浪漫的、冒險的旅程，航行在險惡的新聞水域，雖千迴百轉，但豁然開朗時，輕舟已過萬重山。

其實新聞是浪漫的也是智慧的。光靠一股傻勁，可能很快便在新聞的旅程中迷失了方向，甚至慘遭沒頂，事實上，眞正的浪漫主義是一種快速的學習能力，一種可以在匆匆的歲月中掌握一些本來不熟悉的知識。在報導一則經濟醜聞時，記者要立刻學習查核賬目的能力，在短時間內理解最新的稅務條例；在一宗外交糾紛的新聞中，記者要快速追溯事件的歷史源頭和國際法判例。記者不可能是每個方面的專家，但卻擁有成爲速成專家的學習能力，擁有提煉更多智慧的能力。

匆忙的文學，也是匆忙的人文積累，讓記者擁有開放心靈空間，可以隨著新聞的變化而不斷提昇自己的「戰鬥力」。

這也許是人世間最好的職業，可以提供終身學習的契機。身經百戰的記者，也在匆忙的積累中，不斷地改善自己的新聞體質，提昇自己的新聞素養。

不過記者的終極考驗往往不是能力而是倫理。中國大陸最常見的就是「有償新聞」。新聞成爲商品的奴隸，這和官場上的「權錢交易」都是一樣的腐敗。

作爲一名記者，不得不抗拒種種的誘惑。損害記者專業自主性的力量來自四方八面，而記者的防守陣線必須固若金湯，不能讓其越雷池半步。記者的操守也許和皇后的貞操一樣，絕對不能讓人懷疑。如果權力和金錢可以使新聞變形，那麼記者的專業也就會崩解，新聞的公信力也就會蕩然無存。

這也許不是一夕之間出現，但就像青蛙跳進溫水裡，一步一步地加熱，最終會殺死新聞專業的獨立性和自主性。防微杜漸，勿以惡小而爲之，也勿以善小而不爲。初爲記者，不但要擁抱激情，更要有「雖千萬人吾往矣」的孤獨激情。人孤字不孤，在匆忙的文學中，在匆忙的人文積累中，記者是中國改革的先鋒，讓一篇又一篇的新聞故事，展現中國現代化歷程的戲劇張力，也展現中國新聞改革的強大生命力。

文學爲何需要匆忙？在匆忙中，爲什麼還需要文學？這都是新聞惹的禍？也是新聞帶來的幸福。新聞必須面對截稿時間，每一次截稿之前，就好像要死一回，置之死地而後生，鞠躬盡瘁，死而後已。就是在這種獨特的生命條件中，就在死亡的邊緣，一種另類文學就會誕生。

這種文學就是「匆忙的文學」，一切都太匆匆，它迫使記者、編輯的腎上腺分泌加速，去調動一切可以調動的資源，去凝聚一切可以凝聚的力量，去搜索生命中的所有積累，去表達那些平常可能不會表達的內容。

只有在新聞的激情中，才可以發現激情的新聞，才可以發現匆忙的文學。

輯一▼人生現場

上海與台北：顛倒的前世今生

一九四九年以後，舊上海搬去了台北。金大班、尹雪艷在台北找到了新歡。儘管白先勇說，金大班抱怨台北夜巴黎舞廳的舞池，還比不上昔日上海百樂門舞廳的廁所那麼大，但金大班總慶幸上海歌台舞榭的香火，在台北延續下來。在時代的轉折中，三、四十年代上海的繁華，一夕間從滬上隱退，退到很多上海人的心靈角落裡，但更多飄到海峽的另一邊。黑道白道、白相人、小赤佬，亭子間的知識分子、洋行大班、金融聞人，在台北展現上海的身影。杜月笙、黃金榮等門生故舊，霞飛路、四馬路的腳印，踏在台北西門町的街頭。一些在上海消逝的夢，在台北被重新發現。

張愛玲也許是最重要的身影。她的影響力，其實是繞了香港與美國的一圈兒，才在台北發酵，走進台北的城市心靈中。那已經是六、七十年代，離開神州易手已經二十多年。夏志清教授在美國寫了一本《現代中國小說史》，捧張愛玲而貶魯迅，台北掀起了張愛玲熱潮，但也弔詭地讓上海的文采風流的記憶，走進了台北的文化地圖。

連張愛玲的前夫胡蘭成也沾了光，這位曾在汪精衛政府中權傾一時的爭議性人物，成爲台北一些作家傾慕的對象，不避嫌地肯定他的作品《今生今世》和《山河歲月》。林青霞和秦漢演的電影《滾滾紅塵》，其實就是指張愛玲與胡蘭成的故事。那些昔日在「孤島時期」的滬上前塵往事，成爲台北文化積累中不可分割的一部分。

然而不管是共產黨眼中的牛鬼蛇神還是國民黨眼中的才子才女，在八、九十年代，都先後回到黃浦灘頭。這不是「鬼子進村」，也不是「還鄉團」；他們是跟著台商的腳步，也跟著中國改革開放的浪潮，重返滬上，再續「半生緣」。上海文壇本來就爲懷舊作好了創作上的鋪墊。王安憶的《長恨歌》，就細緻地寫出女主角王琦瑤的跨時代風華，也描繪她的小情人「老克納」對舊日情懷的眷戀。「老克納」這洋徑濱英文，其實就是「Old Colour」，指的就是對逝水年華的無限思念。當台北的「張愛玲情結」重返上海，恍如文學的「天雷」勾上歷史的「地火」，一拍即合，相見恨晚。斷層的文化記憶，又立刻接上了。上海的懷舊熱，與台北的上海熱，其實是一體兩面，互爲表裡。

台北提供的文學資源當然不只白先勇和張愛玲。在商海中，沒有人會忽視高陽。他的歷史小說《胡雪巖》成爲八十年代台商和港商進入中國市場時的一本聖經。《胡雪巖》當然不僅是講上海，但它有不少上海的場景，展現上海商場老手的手腕。歷盡政治劫波，上海商人的自我期許是圓融而周到，崇洋而不媚外，要精明也要高明。

台北在六十年代的「金大班的最後一夜」，到了二十一世紀之初，成爲「金大班在浦東的初夜」。台北延續了上海的舊夢，但今日的上海反過來豐富了台北的想像空間。五十萬台商在上海，其中九萬名是台灣女性。他們在十里洋場編織一張不一樣的權力地圖，也畫出一張全新的心靈版圖。台北與上海不僅交換了生命的碎片，也顚倒了前世今生。上海的前世，在台北重現；台北的今生，在上海延伸。這是一段停不了的傳奇。這兩個城市的命運，竟是如此纏綿地糾纏在一起，台北的電視，出現教上海話唱上海歌的節目，由一位嫁給台灣男人的上海小姐夏禕授課。但台北最重視的語言，其實是上海的經濟語言。上海以強勁的經濟增長率，成爲長江三角洲經濟騰飛的火車頭。上海成爲台商的必爭之地。台商在這個城市，往往會碰到在台北幾十年不見的小學同學。上海不僅是台北的文化想像，也是台北的經濟想像。台商在上海想像十三億人的巨大內需市場，並且要把台北半世紀的上海因緣，轉化成爲賺取巨大利潤的現實。

因而上海是台北夢鄉的實現之地。台北人會調侃說，台北市不太塞車了，因爲不少開車的人都去了上海。就在二〇〇三年（羊年）春節前夕，台北華航包機首航上海，領航的女機師陳蓓蓓，飛進了父輩昔日的感情空間，也飛進今日台北人的經濟空間。這位原任空姐、後來力爭上游而成爲正機師的英氣女子，展現台北與上海的最新緣分。就像首航機票印上的〈圓夢〉詩句：「海峽之間縱有天塹，彩虹終將連接兩岸」。

正是文化與經濟的彩虹，使台北與上海突破政治的天塹。兩個相距只有一個多小時航程的城市，終於告別歷史上的遙遠距離。它們甚至在文化發展上出現互補之處。當作家余秋雨在上海被當地文化界一些人物暗中排斥之際，台北文化圈卻用熱烈的掌聲來歡迎他，掀起台灣歷久不衰的「余秋雨熱」。當台大畢業、哈佛教授李歐梵的《上海摩登》在台北滯銷，一年只賣了幾百本的時候，光是上海華東師範大學附近一家書店，一個月就賣了好幾百本。台北和上海就像一對鬥氣戀人，愛恨交織，但也從客觀上形成一種互補關係。它們偶爾會愛對方所恨的，也恨對方所愛的。但更多的時候，它們會愛對方之所愛，恨對方之所恨。

在二十一世紀初葉，它們愛上了《蛋白質女孩》。台北作家王文華的「大都會男女性關係」的調侃，成爲兩個城市新一代讀者的最愛，同時躍升爲暢銷書排行榜的前列。「蛋白質台北」和「蛋白質上海」，都是用同樣的化學材料所造成。它們歷經前世今生的糾纏，終於找到可以排列對應的DNA，讓文化與經濟凝聚在一起，融化政治上僵硬的疆界。它們一起分享彼此身世的秘密，閱讀彼此的白先勇、張愛玲、高陽、王安憶和王文華……。

記者的靈感

記者不是作家。但記者卻具備成功作家的條件，因爲在每天的採訪與寫作中，培養了觀察入微的本領，接觸面廣，可以匯聚很多寫作的題材，尤其長期跑同一條路線的記者，累積的智慧資產不少，讓其逐漸荒蕪流失，實在可惜，倒不如化零爲整，將零碎的新聞化爲完整的專題寫作，在文化界放一異彩。

《紐約時報》當年一位駐越南的戰地記者大衛．赫伯斯坦（David Halberstam），就是「記者成爲作家」的典範。他在越南戰場槍林彈雨的採訪中，憬悟越戰決策的荒謬，於是決心要把眞相弄清楚。他廣泛採訪白宮、國務院以及美國高層，寫成一本揭露越戰秘辛的經典作品《出類拔萃的一群》（*The Best and the Brightest*），指出這些謀士都是一時俊彥，是精英中的精英，但卻囿於意識形態及種族偏見，作出一系列錯誤的決定。他們以為是維護美國的利益，但最後卻損害了美國的利益。

赫伯斯坦這本書，洛陽紙貴，影響全國輿論，也扭轉了美國社會上對越戰的評價，登上暢銷書排行榜。記者一躍而為名作家，他乘勝追擊，接下來寫了很多本剖析美國社會力與經濟變幻的專著，採用了新聞寫作的方法，用小故事及人情味的插曲來鋪排，娓娓道來，可讀性高，也都登上暢銷書排行榜。

另一位紐約名記者彼得・韓美爾（Pete Hamill）則乾脆寫起小說。他把多年採訪紐約市光怪陸離社會新聞的心得，提鍊成小說的題材，情節曲折離奇，但極有眞實感。書評家認為，跑紐約市社會新聞的記者寫紐約背景的小說，從場景到對白，從人物到氣氛，都比其他背景的作家更佔優勢，別具藝術的感染力量。記者在新聞中打開了靈感的另一道門，意外地走進了文壇，也可能意外地名利兼收。

酒中自有新聞

在台海兩岸，記者跑新聞常常會遇到酒精的試煉。從政壇到企業，從文壇到新聞界，筵席間都喜歡乾杯，形成一種無形的文化壓力。特別是在台灣，不少政壇人物喜歡以酒量來顯示自己的親和力，幾杯下肚，似乎彼此距離拉近了很多，可以無話不談了。

台灣一些跑黨政的記者，因此練就了海量的本領，可以和採訪對象喝得天昏地暗，但到最後一刻仍然要提一口眞氣，記得要問什麼問題，記得對方說了些什麼話，希望可以回去發獨家消息。

這牽涉到中國人的喝酒心理學——酒可以改變人際關係。兩個關係不深的人，只要彼此乾了幾杯，關係就已經不一樣。這是中國人對酒的一種迷信，一種文化深層中的浪漫傾向，古來聖賢皆寂寞，唯有飲者留其名。在新聞的攻防戰中，酒成爲一種奇異的感情觸媒。

這種觸媒的作用微妙，可以創造疑幻疑眞的氣氛，在酒精的迷惑下，大家似乎解除了精神的武裝。一些平常不太敢說出來的話，也可恣意高論，一些平常不敢戲謔的言語，也會衝口而出。在酒酣耳熱之際，語言的技巧提升到另一個層次。借著三分酒意，說話可以交淺言深卻又不失分寸；到了七分酒意，說話可以肆無忌憚但又顯得情深義重。敬多一杯，乾多一杯，就好像彼此的情誼又多了一分。如果到了雙方都酩酊大醉，醉眼望醉眼，那就眞的肝膽相照了。

當然，這也可能要付出肝病的代價。記者要「醉中求勝」，其實凸顯中國人社會中一種荒誕的迷思：一個人承受酒精的能力和工作能力成正比，也和其眞性情成正比。這是中國文化的誤會，但卻是揮之不去的誤會。一些新聞界急先鋒，也身體力行地成爲酒國英豪。酒中自有新聞，新聞中自有酒精，這是一些記者永遠喝不完的一杯新聞苦酒。

淺碟子

在資訊爆炸的時代，各項專業知識越來越精細，新聞工作者，往往被譏諷深度不夠，知識如「淺碟子」。傳統的新聞系教育，是否可以培養現代的記者？光是學習採訪、寫作、編輯的技術，但對新聞核心內容卻不甚了了，是否會導致寫出來的新聞抓不到癢處？

事實上，很多新聞機構都看到這種趨勢，招募的人才，不再局限於新聞系學生，也涵蓋很多有專業知識的人才。新聞系的教育，也鼓勵學生選擇一兩門專業學科，要有某些「獨門功夫」，才可以在新聞界激烈的競爭中出奇制勝。

美國新聞界早就了解記者知識不足的問題，因此有些機構乾脆不請新聞系畢業生，而只請專業人士。像《紐約時報》負責跑醫藥新聞的記者，本身就是醫生，跑法律新聞的記者，本身就是律師，以專業人才出擊，才能贏得採訪對象的信任，才能夠眞正掌握新聞內容的要點。

但醫生和律師開始跑新聞，也會鬧笑話，寫出來的文章沒有人看得懂，夾雜著一大堆專業名詞，像寫學術論文，編輯看完稿子，只好擲筆三歎，丟在字紙簍子。

因此醫生和律師都要接受新聞教育。他們大多前往哥倫比亞大學的新聞學院，念一年的課程，學習如何採訪，如何寫導言，如何把深奧的專業名詞，「翻譯」成大家都懂的說法。

記者要避免知識不足的「淺碟子」現象，就必須要不斷學習，要成爲某方面的專家。但專業人士學習做記者，也必須學習如何深入淺出、舉重若輕，要把複雜的事情說得淺顯明白。

基本功

新聞工作者常常希望有些克敵致勝的獨門武器，但其實最容易、也最受人忽略的獨門功夫是勤讀報刊。這彷彿少林派的基本拳術，看似簡單，但練好了卻是一生受用無窮。很多優秀的記者及編輯，最後能壓倒同儕，在編輯部激烈的競爭中脫穎而出，就是因爲能夠勤讀報刊、書籍，並且能夠活學活用。

勤讀報刊，要讀得其法，懂得比較分析。同一則新聞，各報處理可能都有異同之處。「報比報」，到底是誰贏了，分析各報刊的優劣，並且要一項一項地比。新聞的內容誰好？文字誰更流麗，標題是誰更精采？圖片是誰更有吸引力，但追問到最後，還要問爲什麼如此？爲什麼別人比我好，或是爲什麼我比別人好？

如果別人比自己好，就必須虛心自問，如何改進自己，如何見賢思齊，學習別人的長處，並且以此爲基礎，想出新的點子，超越別人。

宏觀來看，還要整份報刊比較，誰的頭版頭條或封面專題最好？哪一家有獨家消息？這獨家消息爲什麼獨家？誰的社論寫得好？爲什麼寫得好？

如果有大新聞出現，如香港回歸、鄧小平之死，或黛妃之死等，更是新聞界的「陣地戰」，看各大報刊如何調兵遣將，如何在版面上呈現更有吸引力與更準確的報導。在大新聞的比試過程中，大家其實是站在同一條起跑線上，優勝劣敗，就反映背後的智慧與實力。

但問題是有些編輯與記者並不勤讀報刊，他們只是上班下班，不在乎報刊的比較，也不在乎誰勝誰敗。他們不動如山，任憑窗外風浪起。他們忘了勤讀報刊是新聞工作的基本功；基本功不好，就註定要輸在新聞競爭的起跑線上。

以靜制動的新聞怪傑

新聞工作者重視採訪，但即使不採訪，或是有時候難以採訪，也可以以靜制動，決勝於千里之外。

美國新聞史上就有一位傳奇人物史東（I. F. Stone），以靜制動，以一人之力，贏得不少新聞的戰役；他在新聞界主流之外，卻讓新聞界的主流又愛又恨。

這位記者出身的知識分子，於一九五三年獨力創辦一份《史東新聞週刊》，自寫自編，卻常常爆出獨家，其實大都是他勤讀全國各大小報刊，比較同一則新聞各報報導的矛盾之處，並發掘一些不爲人注意的小新聞，但卻從中「發現」玄機。他更精心細閱國會的會議及辯論的記錄，在繁雜的官方正式文件中，找到很多新聞的線索，進而提出種種疑問，揭開不少當局有意或無意間隱瞞的秘密。

這份《史東新聞週刊》，頁數很少，但言簡意賅，常能見人之所未能見，發人之所未發。訂閱的忠心讀者，不乏朝野的達官貴人，明星伊莉沙白泰勒就是訂戶之一。從一九五三年到一九七一年，這份週刊成爲美國新聞界的異數，也成爲美國當權派及很多政要恨得牙癢癢的刊物。

但史東獲得讀者的支持，刊物也賺錢，儘管主流新聞界將他定型爲「左翼刊物」，尤其他反對越戰及美國對外干預的政策，更使他成爲情報機關及安全單位懷疑的對象，覺得他言論偏激，可能是「共產黨的同路人」。

但政治上的白色恐怖並沒有嚇倒史東，他對越戰及民權運動的批評及預言，不少到最後都一一實現。他沒有出門採訪，也沒有和決策者及新聞主角面對面訪談，他只是以靜制動，發揮新聞工作者的基本功——勤讀報刊、細心比較分析，終於大顯威風。一九八九年他溘然長逝，《紐約時報》在訃聞新聞中對他大加讚譽，稱他爲美國新聞界不滅的傳奇。

編採之爭

英文的國際時事週刊，風格殊異，各有定位，但其中最大的不同是編採之間誰當老大。有些刊物是「編輯掛帥」，如《時代週刊》（*Time*）、當年的《亞洲新聞》（*Asiaweek*）、及《經濟學人》（*The Economist*）；另一些刊物則是「記者掛帥」，如《新聞週刊》（*Newsweek*）、當年的《遠東經濟評論》（*Far Eastern Economic Review*）。兩種模式，反映不同的新聞哲學，可說是「兩條路線的鬥爭」。

編輯掛帥的模式，以《時代週刊》創辦人亨利・魯斯的新聞哲學爲代表，他認爲記者的本領及責任，是去發掘「事實」（Facts），但編輯的長處及使命，則是去呈現「眞貌」（Truth）；前線記者只能採訪到當地的情況，見樹不見林，這有待參謀本部的編輯、作家（Writer，或譯爲寫手、撰述員）去綜合整理，改寫，賦予宏觀的時代意義。

屬於時代華納集團的《亞洲新聞》，也採取類似《時代週刊》的作法。新聞的策劃、包裝，都由編輯主導。在西方新聞界，這種刊物被稱爲「編輯的雜誌」。另一本歷史更悠久的時事週刊——英國的《經濟學人》，更是以「編輯掛帥」爲傲，並且至今堅持文章不署名。它的內部改寫過程更嚴格，往往數易其稿，文字很雕琢，喜歡使用精練的短句子，卻又暗藏機鋒，極受英語世界的知識精英歡迎。

但「記者掛帥」的刊物，卻對這種風格嗤之以鼻，認爲簡直是閹割新聞，指出作家改寫的新聞，只是虛擬現場氣氛、隔山打牛。他們強調前線的記者才是英雄，才是新的主導力量。後方的編輯，只應作「技術處理」，絕不能喧賓奪主，搶去記者的鋒頭。

《新聞週刊》和當年的《遠東經濟評論》，都是記者掛帥的刊物，也因此名記者輩出，他們的編輯則大多退居幕後，藉藉無名。新聞界兩條路線之爭，各擅勝場，也提供讀者多元化的選擇。

新聞的文學化

從創刊的二十年代到七、八十年代間，美國《時代週刊》的重要文章，署名的往往不是記者，而是一位作家。採訪的幾位記者名字反而放在文章後面。由作家來改寫新聞，是《時代》二十年代創刊以來的傳統。這是新聞文學化的開始，但也埋下新聞與文學衝突的伏筆。

《時代》之父亨利．魯斯早年創辦這份時事週刊，就銳意要在文字上發展一種言簡意賅、深具文學感染力的文體。他認爲記者的任務是蒐集事實，但寫作的重任則要依靠編輯部的專業「寫手」。《時代》的文字，要求精練及意境深遠，修詞鑄字，千錘百煉，甚至自創新詞，走在時代尖端，在英語世界中別樹一幟，傲視新聞的江湖。大半個世紀以來，《時代》的寫手人才輩出，如羅傑．羅森堡

（Roger Rosenbaltt）、蘭斯．莫羅（Lance Morrow）等，都已是獨霸一方的名家，並爲其他刊物爭相挖角。

但這些寫手並不純然只有文學的功力。他們大多是資深的編輯，或記者出身，對新聞的來龍去脈都瞭如指掌，但又有文學及哲學上的修養，可以將新聞文學化。

然而由作家來主導新聞寫作，卻常常引起前線記者的反彈，認爲這些作家只顧詞藻之美，而忽略現場的感覺，甚至誤讀形勢，歪曲了主題。二次大戰時，《時代》駐華特派員白修德（Theodore White）就曾因此與亨利．魯斯吵架，終致不歡而散。

八、九十年代起，《時代》已極力在作家與記者之間求得平衡，一些名記者的文章，也不會再由作家改寫，但若是由各地記者連線報導的文章，則大多由作家潤飾，尤其開頭的導言與起承轉合之處，都可看出作家苦心經營的功底。新聞與文學的愛恨關係，正是《時代》永恆不變的軌跡。

文學的新聞化

文學與新聞恍如若即若離的情人，總有千絲萬縷的關係。作家與記者或編輯的角色互換，或是同兼數職。如果說今日的新聞是明日的歷史，那麼今日的新聞也可能是永恆的文學題材。

海明威寫小說之前，就當過記者，所以他的文章具有簡捷明快的新聞特色，而他在西班牙內戰與旅居巴黎的經驗，都成爲他小說中的獨特背景。

將新聞寫作的特色融進小說的寫法，到了六十年代更發揚光大。美國作家卡波特（T. Capote）的《冷血》一書，用了大量的新聞寫作方法，來描繪一宗奇特的社會事件，被認爲係「非虛構小說」，也就是以新聞之實，來彰顯文學之虛幻，將兩者之長融於一爐，成爲文壇的一種奇特的品種。

在中國大陸，「報告文學」也有優秀的傳統，錢鋼寫唐山大地震，被譽爲經典之作。劉賓雁的不少作品，揭露時弊，也洛陽紙貴。陳祖芬當年寫大連市長薄熙來的改革及個人魅力，也引起各方矚目。

台灣作家張大春近年的作品，更把文學與新聞這兩個元素發揮得淋漓盡致。他譏諷李登輝的《撒謊的信徒》，普受好評。另一位台灣作家平路，將孫中山與宋慶齡的戀愛故事，寫成了《行道天涯》一書，也用了不少新聞的手法，創造了現實與虛幻結合的味道，讓讀者從一個全新的角度去了解中國的偉人，既顛覆了歷史，也開拓了文學的新境界。

但新聞與文學的婚姻並不一定是善緣，兩者結合，也可能變得非驢非馬，既不是好的新聞，也不是好的文學。善緣還是惡緣，最終要看筆下的功力了。

專欄作家

香港是全球專欄作家最多的地方。各報競爭，也以爭相挖掘名家爲號召。近年專欄文章已走上專業分工，由醫生寫醫藥、律師寫法律、警察寫刑案，各顯神通，別具一番新氣象。

但香港還缺乏一種重視現場採訪的專欄作家。他不是記者，但卻往往比記者更早奔至新聞的現場，掌握更多有血有肉的細節，提出一般新聞報導所缺乏的獨特角度，使讀者對某宗事件有更深入的了解。

紐約一位著名專欄作家就以此馳名。他名叫詹美・布斯林（Jimmy Breslin），愛爾蘭裔，喜歡抽雪茄，用兩根手指打字。他曾在紐約的《每日新聞》及《新聞日報》寫專欄，每篇長度約一千多字，大多是他對爆炸性社會新聞的現場觀察與反思。

他寫作的風格，承襲海明威的文風，用上很多對白，像小說體裁，但絕非杜撰，而是現場採訪，以淺顯的詞句，表達深刻的思維，功力深厚，是美國新聞界的奇才。

此公曾經腦瘤開刀，在鬼門關邊緣瀟灑走一回。他在生死一線間，不忘寫作，把腦部開刀的過程、醫者與病者之間的互動描繪得絲絲入扣，成爲絕佳文章。

這種性質的專欄，反映美國新聞界重視現場蒐集事實的功夫，以避免「搖椅上的新聞工作者」（Armchair Journalist）之弊。事實上，除了社會新聞，美國寫政治評論的一些名家也非常重視採訪。如《紐約時報》當年主筆安東尼・李維斯（Anthony Lewis），七十多歲時，仍常常揹個包包，拿著筆記本，到處與新聞人物訪談，作爲評論之根據，以避免閉門造車。香港一些專欄作家對此也許嗤之以鼻，他們自詡可以一邊打麻將一邊寫稿，天馬行空，管他採訪不採訪。

筆名玄機

用筆名寫新聞評論，是香港特色，也是香港報刊未能與國際規範接軌的奇怪現象。目前各大報章的評論，除了社評是代表報社，不予署名外，其他堂而皇之的「署名」評論，絕大多數是筆名，像《信報》的「余錦賢」、《明報》的「李先知」、《蘋果日報》的「盧峰」等，都並非眞有其人，而往往是集體創作的筆名。

以美國新聞界的習慣來說，除了社論外，各種評論都以眞名出現，以示負責，一些評論版甚至刊出作者的照片，貨眞價實。但香港報刊的主管，卻喜歡巧立名目搞些筆名來掩飾，有點「見光死」的忌諱。一些報老闆的心態是，筆名不會「人亡政息」，避免被敵報挖角，也避免出現明星式的評論家來向老闆要求加薪。

一名之立，背後其實隱藏不少利益的算計。

記者新聞報導是否要署名，也有類似的玄機。一些報刊的記者，仍然掛一個筆名，又或者在關鍵時刻，只來一個「本報記者」，有「姑隱其名」的考慮。一些編輯表示，有時候並非總編輯或報館老闆要求不署名，而是記者自己不願意，說穿了就是不負責的表現。美國各大報章的新聞，都有署名制度，尤其是《紐約時報》等大報，更積極培養明星記者，作爲賣點。這反映了記者的實力與地位，要爲每一個字負責。

當然，另一種負責任的態度是不署名，一切由報刊集體負責。英國一百多年歷史的《經濟學人》（*The Economist*）時事週刊，堅持全部不署名制度，記者寫的文章，只是編輯寫作班子的「原材料」，由一批文筆好的秀才加工，用漂亮的文字精雕細琢，往往改寫幾次才刊出。這也是美國《時代週刊》（*Time*）二十年代創刊後的傳統，以創造統一的文字風格。但《時代週刊》這傳統自七十年代始已被打破，如今都採取署名制度。名實之間，不論中外，原來都另有玄機。

校對驚魂

英文《時代週刊》亞洲版在一九九八年推出泰國金融風暴的專題時，在封面標題上出了一個嚴重的校對錯誤，將泰銖的英文Baht誤植為Bhat，讀者看了觸目驚心，但新聞界同行大多不會幸災樂禍，因為大家曉得校對是媒體工作無處不在的陷阱，今日你嘲笑別人，明天自己可能成為被嘲笑的對象。

在中文新聞界，校對錯誤所引發的笑話與悲劇推陳出新，有些甚至變成行業內的經典，如「中央」排成「中共」，「大使館」變成「大便館」。在台灣五六十年代威權時期，這種校對錯誤立刻會釀成政治事件，可使總編輯下台。有些報館排字房，把「蔣總統」三個字的鉛字紮在一起，以免生錯，因為有一家報館，曾經將「蔣總統」三字排成「蔡總統」，引起安全單位前來調查，帶走了排版師傅、校對和編輯，聲稱報館內可能有「匪諜」。

隨著中文編排系統蛻變，鉛字排版已成爲古蹟，今天電腦排版，一切在電腦上看得清楚，因而校對責任也大部分落在編輯身上。但校對如掃落葉，總有掃之不盡之歎。並且電腦排版也常隱藏一些難以預見的危機，如有時神差鬼使，按鈕錯誤，將舊版作爲新版，也會使早已刪改的文章重現舊貌，如最後把關的編輯及校對一時不察，就會釀成悲劇。

其實，校對要準確，必須次數多，看校樣也不能只靠一個人。有時一個錯字埋在字裡行間，所有看過的人都視而不見，結果印出來會使總編輯心臟病發作。像「雷根」變成「電根」、「艾森豪」排成「艾森家」。數字弄錯了的後果往往更嚴重，少了一個0或多了一個0，事後常要立刻刊登更正啓事，只是過去啓事上會說「因手民誤植……」，但今日的「手民」已變成記者或編輯，再也不能把責任推掉了。

香港頭條新聞的變幻

香港主流報章在五六十年代，頭版頭條仍以國際新聞或中國新聞爲主。《星島日報》、《華僑日報》、《工商日報》等，首頁的頭條新聞比較少用本地的社會新聞，與目前各大報爭相以本地社會新聞號召的情況，大異其趣。如果頭條新聞是一個指標，香港在五六十年代比現在更具國際性的視野。

頭條新聞的選擇，牽涉報章的自我定位及讀者的口味。五六十年代，正是冷戰的高潮，也是中國大陸在封閉的年代，亞洲剛經歷慘烈的韓戰，又迎向曠日持久的越戰。在兩大陣營的夾縫中，香港的命運似乎前途未明，中國及國際新聞自然就成爲讀者關注的焦點。

記得文革開始時，香港報章大多每天以頭條新聞報導各種權力鬥爭的傳聞，眞眞假假，但讀者愛看。我還記得劉少奇被鬥及林彪事件，都在港報頭條上轟動一時。有時候晚報搶得獨家新聞，一些報販還會在街上大叫販賣。這是前電視的年代，麗的映聲電視和剛創辦的無線電視，都敵不過晚報的魅力，尤其是往來港九的輪渡，碼頭的報攤生意特別好，上下班擠得滿滿的，差不多每一位乘客都買一份報紙，全神貫注看中國與國際的大事。當然，那時候香港本地的政治新聞乏善可陳，在港英的行政主導下，政團活動如革新會、公民會等，都吸引不了讀者太多的興趣。

七八十年代以來，本地社會新聞逐漸躍上頭版頭條位置，反映港人新聞興趣的變化，貼近生活，與自身經驗切合的新聞，更有市場。這正切合新聞界名言：「最近的是最珍貴的」（The nearest is the dearest）。人類要不要登陸火星，很多讀者不屑一顧；但自家門前要不要修路，卻是大新聞。

不過國際大事有時看似遙遠，但卻可以影響切身利益，國際金融風暴的狂飆，國企改革方向，最終影響港股及房地產，港人大多難以倖免。也許只有從這個角度來切入，香港失勢的國際新聞及中國新聞才會重振雄風。

勾魂標題

新聞的標題像女人身上的衣服，可以讓平庸的新聞變得動人，也可以使動人的新聞變得平庸。優劣之間，就憑編輯的功力，來爲新聞的外表包裝，要把讀者的魂魄勾住。

編輯對標題的拿捏，就像女人對衣服的品味，參差不齊，但最重要的原則，是如何突出自己的優點，隱藏自己的缺點，讓看的人一見鍾情，再見難忘。

然而有些慵懶的女人，對衣著無所謂，並且仗著自己天生麗質，隨便披些破布，蓬頭散髮，但還是楚楚動人。當然，這並不表示衣服不重要；文勝於題，總比不上文題並茂。就像漂亮的女人配上漂亮的衣服，相得益彰，就所向無敵了。

但在現實社會裡，美女和醜女都是少數。新聞也一樣，寫得極好的和極壞的也是少數。大部分的新聞都寫得普通，不過不失。編輯要標題下得精采，就好像廣告文案的寫手，必須費盡心思，找到最佳的切入點，創造令人意料之外、但又在情理之內的特色。

編輯的創作空間很廣，策略很多，但最常見的招式是「搭便車」——搭上經典的或流行文化的列車，走進讀者記憶的軌道，開往感情共鳴的驛站。

舉例而言，多年前台灣正在上演侯孝賢描繪「二二八」事件的電影《悲情城市》，引起轟動，而此時適逢股市慘跌，報紙編輯靈機一觸，就在頭條標題中寫著「悲情股市」，一字之別，但卻又引起趣味盎然的聯想，令讀者永難忘懷。

《時代週刊》在九十年代初談南韓的金融風暴，封面標題赫然就是莎劇的Winter of Discontent，以古喻今，從戲劇到金融，更增新聞事件的戲劇張力。新聞標題的寫作，是對編輯創造力的永恆考驗。

獨家

新聞界不少朋友都有一種「獨家新聞焦慮症候群」，每天就有揮之不去的焦慮，要去挖掘獨家，也深怕自己的對手拿到獨家。獨家、獨家，最後成爲生命中的一種毒品，吸上了癮，變成愛恨交織的對象。

獨家其實不應只限於揭秘式的獨家，也應該包括「觀念上的獨家」，對某些議題有創意的「獨得之秘」，也是一種有意思的獨家。

兩個記者去同一個記者招待會，但回來寫的稿子可以完全不一樣。甲可以寫出一個平鋪直敘的報導，但乙卻可能獨具慧眼，發現記者會中透露某些特別的的信息，再加上自己對問題的追溯及分析，可以寫出一篇「獨家」報導。

其實在一些眾人皆知的現象中，去發現它背後的本質及特別的意義，也是一種

「獨家」。這往往是對記者更嚴峻的挑戰。這「獨家」不是靠「深喉嚨」，而是要靠自己獨特的觀察、採訪、思考，在平凡的現象中發現不平凡，言人之所未言，發人之所未發，讓讀者深受震撼。

記者如果有這種獨家的能力，還怕「獨家新聞焦慮症候群」嗎？

香港報章色情版的禍源

香港報章在國際上最有名氣的是它的色情版，肆無忌憚的存在多年，成爲全球的「獨家」，並且會繼續「獨家」下去，因爲這已經成爲香港新聞自由的象徵。報章色情化，才能證明香港在九七回歸後新聞自由絲毫無損。

港人常自豪地認爲，香港是國際城市，一切都和國際規範接軌，但幾份銷路名列前茅的中文報章，每天在色情版上刊登猥褻文字，卻是完全與國際規範脫軌。

香港民主派對於香港政治發展，以英美的模式爲圭臬，高山仰止，心嚮往之，然而在新聞色情化的問題上，卻從來不用英美的標準。如果把當前香港幾份大報每天刊載的色情版文字翻譯成英文，一定會把西方的同行嚇壞。他們一定會覺得，香港新聞界怎麼會墮落如斯？

新聞自由並不包括色情。《紐約時報》不但不會有色情小說，也絕不登載X級電影的廣告，也不會登色情電話廣告。英國小報雖然以狗仔隊有名，但也絕對不會有香港這種低級趣味的黃色小說。

問題關鍵在於「分級」，西方有光怪陸離，千奇百怪的色情刊物，但不會給小孩購買，不會放在一個正常家庭的桌上。香港及先進國家對電影都採取「分級」，未成年的人不能跑進戲院看「三級片」或脫衣舞。但香港街頭隨便都可以買到的報章，卻充斥各種誤導性的色情小說——如被強姦才會有快感等內容。

禍源應該追溯到英國殖民政府時期，它縱容這種在英國絕不會被縱容的現象在香港出現，說穿了是爲了麻醉香港的人民，但可笑的是回歸之後，特區政府蕭規曹隨，絕對不敢碰這個燙手山芋，以免落得侵犯新聞自由的惡名。色情成爲香港自由的圖騰，這是香港政治的悲哀，也是香港讀者和新聞界的悲哀。

電視新聞主播

香港的電視新聞節目，一直沒有培養什麼明星級主播。這其實是電視台管理層的「陽謀」，避免出現像美國數百萬美元年薪的重量級主播，以減低成本。但近日香港電視頻道似漸趨開放，改變多年來的壟斷局面，電視新聞主播明星也逐漸應運而生。

長期以來，香港電視界對電視新聞的播報員並不重視，連「美女俊男」的條件也不一定需要，只要口齒伶俐就可以，偶爾一兩位有點個人魅力，但電視台並未刻意宣傳，結果沒幾年就各奔東西，轉投其他行業。

美國三大電視網的新聞主播，擔任的角色與香港迥然不同。他和她絕對不是一個「讀稿機器」，也絕對不是只靠外貌（當然外貌的魅力非常重要），最主要的，主播其實就是電視新聞的總編輯，負責新聞的取捨與判斷。當年CBS的丹・拉瑟（Dan Rather）、NBC的湯姆・布羅考（Tom Brokaw）、ABC的彼得・簡寧斯（Peter Jennings），其實就是這三大電視網新聞的老總，他們主導新聞的方向，在關鍵的時刻作出重要的新聞判斷。

考驗新聞主播能力往往是現場直播的時刻，沒有準備好的稿子可以唸，並且還要和新聞對象作現場的互動，一問一答，就會顯示出這主播的實力。一些徒有外貌的主播，就會在現場露出專業知識不足的馬腳，胡混掩飾，但終難逃觀眾的法眼。

戲劇張力

我的台北朋友小張，每天要看幾份報章，對政治新聞非常熱衷，分析比較不同媒體的政治立場，對政治人物背後的千絲萬縷關係，如數家珍。他說他讀報只關注政治新聞，對於其他版面，都不太關注。

我問他看不看娛樂版，去看看那些影星歌星的八卦新聞？他說他從來不看這些八卦，對走進那些演藝人員的臥室，去偷窺別人的私生活、侵犯別人的隱私，覺得無聊透頂。

我說今天看政治新聞，也是牽涉很多政治人物的隱私、醜聞，也會意外地走進他們的睡房，發現他們很不堪的一面。

小張說這當然不同，政治人物的私生活，每一個國民都要關注，因爲他們是

「公共人物」，手上有巨大的權力，而在民主時代，每個政治人物都要向人民負責，私人生活的腐敗，不能用「隱私權」來作爲遮羞布。

小張說每天看台灣報章的政治新聞，比看娛樂版的新聞更刺激，更有娛樂性。那些欺騙、背叛、前言不對後語，扮可憐、血腥、暴力、眞槍、假槍、眞子彈、假子彈、密室政治、收押、牢房、法庭辯論、保釋、禮券、耳環、戒指……讓讀者赫然發現，政治新聞比娛樂新聞更有戲劇性，更有戲劇的張力。

小張總結說，台灣的政治人物，都是最佳的演員，但卻演出最爛的劇本。老百姓在觀眾席上，要不斷提醒這些演員，不能再比爛下去了。

權力污染

我的朋友小張在香港英文媒體當記者好幾年，決定再去深造。他大學是在柏克萊加州大學念，現在希望念MBA，他在全世界各地申請，包括倫敦政治經濟學院、加州大學等，但到了最後，他還是選擇去華府特區附近的喬治城大學，去念EMBA。

臨行前我請他喝茶，聊到他的抉擇，爲什麼不選倫敦和灣區，而選擇在華府唸書，他說已經三十多歲，念書不僅是純學術，而是要廣泛佈建人脈，而在華府地區，接近世界權力的核心，往來的朋友，都是一時俊彥，對將來自己的事業，都有所幫助。

我想起印象中的華府，其實有兩個世界，一個是貧窮黑人聚居之地，犯罪率較高，另一個是聯邦機構的中心區，而附近的郊區生活，則散居在維吉尼亞州和馬里蘭州一帶。

記憶中，從紐約開車到華盛頓特區，會發現美國首都一帶空氣特別好，沒有污染，沒有工廠製造污染。我笑著對小張說，華盛頓特區唯一生產的只是權力，沒有煙霧瀰漫的公害，這是當地居民所最慶幸的。

在新聞圈飽經歷練的小張說，權力其實就是最大的污染來源，它沒有外觀上的污染，但卻污染多少心靈。我問他幹嘛還跑去這個污染之都？他笑說：「我是去當心靈的環保。」

歷史與新聞交纏

今日的新聞，不僅是明日的歷史，還是昨日歷史的延續。歷史與新聞，總是交纏在一起，難捨難分。九十年代台灣一位老將軍彭孟緝去世，消息傳來，敏感及老練的編輯會立刻爲一條普通的訃聞新聞增添「附加値」，在歷史脈絡中呈現新聞的吸引力。

彭孟緝是當年台灣「二二八」事件中的主角，被一些台灣人指責是鎮壓民眾的元兇。但他又和後來的香港發生關係，因爲他的兒子彭蔭剛，娶了香港第一任特首董建華的妹妹董小萍。

因此彭孟緝之死可以連繫昨日的歷史，也連繫後來台灣與香港的政治。編輯與記者確定了他的死訊，就立刻可以採訪：台灣民眾怎樣反應？董建華會不會赴台弔唁？會不會送花圈？有些報刊甚至繪製出一個董家與彭家的關係圖。

中國也許是歷史與新聞交纏最多的國家，因爲有太多的歷史懸案，太多的「歷史平反」。一九七一年林彪之死的眞相，要待九十年代初才初步釐清，而西方記者鍥而不捨的調查報導，極爲重要，但一些謎團仍待解開，如林彪是自願上機離開？還是被兒子林立果挾持？在飛機殘骸上搜到葉群的皮包，爲什麼赫然發現保險套？這不僅是歷史學家要追問的問題，也是記者可以大展拳腳的新聞空間。

當然，中國現代史最大的謎團仍是「西安事變」。主角張學良在脫離台北的幽居生活後，住在夏威夷，享有充分的自由，但卻堅決不吐露實情。大半個世紀以來，有關西安事變的研究汗牛充棟，但關鍵的環節卻不清不楚。被蔣介石軟禁了大半生的張學良，生前最後歲月自由自在，與趙四小姐在夏威夷安享晚年，如果他去世前記者能說服他講出眞相，說出他所知道的事件經過，肯定會是轟動的大新聞。歷史與新聞交纏，今日的記者，也是明日的史家。

全球華人媒體的誘惑

「全球華人」是新聞界的全新歷史範疇。僅僅二十多年前，台灣與大陸的民眾不能互相往來。一九八八年蔣經國去世前後，台灣才開放去大陸探親，也逐漸融化兩岸民間交流的冰塊。在九十年代初葉之前，馬來西亞華人也不能自由自在地前往中國大陸，政治上的顧忌，使吉隆坡政府對華人與中國大陸的交流也諸多限制。但到了新世紀，政治的堅冰早已被親情和商情融化，匯成一股全球華人緊密互動的暖流，流向全球華人的心中。

這一股暖流也是信息的暖流。全球華人社會不再是割裂的信息板塊，不再是彼此雞犬不相聞、老死不相往來。相反地，由於親情的密集交流以及商情的緊密聯繫，全球華人社會也是一個全球的信息村，你中有我，我中有你，須臾不可分離。尤其在企業利益下，信息成爲商海中克敵致勝的利劍，誰能掌握這把利劍，誰能舞動全球化的劍法，誰就能刺向利潤的紅心。

因此港商不能只看香港的八卦新聞，而必須了解東南亞的華人政治，才能在新加坡的商務午餐中，和當地的銀行家侃侃而談，爭取更多的貸款；台商不能只看台灣的黑金醜聞，而必須了解中國高考小狀元怎麼寫〈赤兔之死〉，才可能進一步了解中國年輕一代人才市場的動向。更不要說中國企業海爾要在北美市場賣更多的冰箱，就要評估中國留學生精英在華爾街的最新發展，是否會對它在當地金融市場集資有所幫助。信息就是財富，新聞就是權力。誰掌握更多的信息、更多的新聞，就有機會贏得更多的財富與權力。

這也是《亞洲週刊》在九十年代快速成長的動力。這一份強調面向全球華人的時事週刊，以民間獨立媒體的定位，銷往香港、台灣、新加坡、大馬、日本、北美等主要市場，打破了政治上的疆界，也衝破了心理上的圍牆。全球華人的新聞絕對不是割裂的，自掃門前雪，而是彼此互管瓦上霜，也因而可以分享經濟整合的陽光，分享親情與商情的雙重滿足感。

其實在英語世界中，第二次世界大戰前後，就已出現信息的整合。爲什麼倫敦和紐約的新聞距離那麼遠？爲什麼英式英文和美式英文的拼法及成語都偶有不同，彼此要猜來猜去？二十年代創刊的美國《時代週刊》，就朝一個大英語世界媒體的目標進發。它逐漸建立一個全球的發行網，也在各地派駐特派員、記者，快速分享了全美國及其他英語國家與地區的資訊，這一張巨大的信息網，爲美國網住全球「英語人」的心，也建立了一個媒體的王國，爲戰後的「美國世紀」奠下了重要的基礎。

在中文世界裡，這十幾年出現的全球華人社會，也面對類似的時代挑戰。在國際上發行的中文刊物，怎樣穿透「文字的圍牆」、怎樣建立「放諸四海而皆準」的中文，避免任何的「文字誤會」。香港媒體大字標題用的港式中文如「歌星梁詠琪『恨』嫁」，在台灣及中國大陸會被解讀爲「歌星梁詠琪痛恨婚姻」，但其實意思剛好相反，指的是「歌星梁詠琪渴望婚姻」。台灣媒體大字標題說「李登輝老神在在」，香港及大陸讀者翻破字典都不知是啥意思，但台灣讀者都知道這是「氣定神閒」的意思。同樣中國大陸媒體說的「雙規」、「直面人生」、「吹黑哨」等，港台讀者也大多丈二金剛摸不著頭腦。

中文世界的文字割裂，用法分歧，似乎於今尤烈，更不要說繁簡之別，鬧出了很多大笑話，如大陸媒體「翻譯」繁體字，出現「過繁」現象，把經濟「系」寫成經濟「係」、范徐麗泰寫成「範」徐麗泰、王后變成王「後」。這都是必須透過更密切的文化交流才能掃除的文字障。

在中國入世前夕，國際媒體都磨拳擦掌，希望進軍中國媒體市場。近年中國的都市報、財經報刊，水平快速上升。它們不見得只靠打「擦邊球」，也偶而可以射中「空心球」，用專業的力量，來「闖進」新聞的禁區。如果這種趨勢持續，中國媒體不僅可以開發中國大陸的巨大市場，更可進軍全球華人的市場，發揮「全球一盤棋」的效果。當外資的媒體「打進來」，中國媒體的資金及人才也要「打出去」。讓市場的選擇，成爲新世紀中國媒體的選擇；內外兼修，渾然一體，讓全球華人媒體市場和中國媒體市場整合。就正如中國的經濟發展，與全球華人的經濟整合。有什麼市場，就有什麼媒體。在全球化的交響樂中，全球華人媒體在市場衝鋒的號角，是不能忘記的時代強音。

輯三▼跨界閱讀

和資訊賽跑

我的朋友小周說，他患了「資訊匱乏恐懼症候群」，常常深恐自己所獲得的資訊不夠，二十四小時都要保持自己在上網狀態，睡覺也不能關手機，就怕自己漏掉一些重要的信息。

我笑說幹嘛這樣神經兮兮，你又不是當突發記者，又不是美國總統，爲什麼這樣看不開？

小周說自己就是看不開，他說這源自好幾次難忘的經驗。漏接了一次電話，結果錯過了一件大事，不曉得某項新聞的發展，結果被朋友譏笑了半天。

我說這是現代社會的一種莫名的焦慮感，總覺得自己掌握的資訊不夠。

當取得資訊的管道越來越多之際，反而使人感覺要和資訊賽跑，和時間賽跑，但人吸收資訊的能力，永遠比不上資訊產生的速度，因此這是一場龜兔賽跑。

小周好奇問，龜兔賽跑？難道我們都是龜？

我說，我們不僅是龜，還是龜兒子，因爲資訊增加的速度以光速計，一日千里，信息的爆炸，不僅使人類陷入「相對的剝奪感」，也陷入「絕對的剝奪感」，無時無刻都覺得被剝奪了「知的權利」。我們拚命在後面追，但一切都是徒勞的。

小周說，難道我們必須以慢打快？對，我說，我們必須發揮龜兔賽跑的精神，以慢勝快，高高舉起，輕輕放下，要剷除現代社會這種莫名的焦慮感。

信息黑洞

我的朋友小周抱怨說，現在是資訊爆炸時代，每天排山倒海湧來的信息，讓人應接不暇，到最後陷入無邊的疲乏之中，甚至出現對資訊的拒絕感覺，乾脆把電視機關上，不再上網，甚至連行動電話都想關上，落得耳根清淨，不要被那些無聊的商業廣告電話煩死，不要被那些永遠停不了的新聞煩死。

我說我完全了解，因爲有時候我也有這種衝動，要把所有的資訊之門關上，不再讓自己陷在一種信息黑洞中。

對，這是現代社會的症候，太多的資訊會把人感覺埋葬，一切似乎都變得麻木。

也許在週末，我會發下狠勁，不再打開電腦，把手機放在靜音狀態，一個人開車到偏遠的海邊，看潮起潮落，聽浪濤拍岸的聲音。

雖然在盛夏，但海邊仍然涼快，我在想怎樣讓自己生命的節奏慢下來，不要被那些洶湧而來的資訊浪潮淹沒，必須要有冷澈清明的心，逃離那些看似無所逃於天地的一切。

因爲資訊只是現象，背後其實是提煉資訊的能力，讓它成爲知識，再讓知識成爲智慧。在現代社會，在媒體紛亂的世界中，每一個人都要逃離信息黑洞，尋回自己生命的座標。

網中人

坐了一天的飛機，從香港到吉隆坡到古晉到詩巫，住進了一家新開的酒店，發現沒有上網設備，帶去的手提電腦，一下子英雄無用武之地，並且在霎時間發現，自己與世界失去了聯絡。

就在這一刻，才發現原來現代人已經與網路結下不解緣。多少的電郵、MSN、Skype、搜索引擎都要倚仗上網，一旦被排斥在網外，人變成了「非人」。網海之外，失去了與一個龐大體系聯絡的能力，突然變成了一個遊民，浪跡在網海之外，茫然不知所向。

尤其離開了原來居住的城市，才發現互聯網的威力，只要上了網，不管你在加州的洛杉磯，還是在廣西的陽朔，都可以與全世界溝通無礙。即使在匆匆的行旅中，從行囊中拿出手提電腦，就可以與世界連接。

那天在吉隆坡國際機場喝茶，喝一杯很有地方獨特風味的拉茶，還有三十分鐘就要上飛機了，匆忙地打開手提電腦，收發一下電郵，在網上處理一下公務，然後還可以寫一則電郵給好朋友，述說自己在這一刻的心情故事……

但這也繫乎那些地方有方便的無線上網能力。

那天滯留在東京的成田國際機場，打開手提電腦，才發現無線上網需要付錢，不過價錢不貴，才一百日圓，用信用卡付了錢，就在網上遨遊，一下子化解長時間候機的痛苦。

記得在八十年代，有一位中國作家說：「生活就是一張網。」沒想到在今天，這句話以另外的一種方式，奇妙地應驗了。

網海如此多嬌

只要可以上電腦，就可以走進一個改變命運的世界。

越來越多中國大陸的新一代，在電腦上改變自己的命運。他們也許沒有機會上大學，甚至沒有機會上中學，但就在電腦的網海中，他們騁馳其間，發現了一個美麗的新世界。

因爲在網海上，沒有人會比別的人更平等。只要能上網，只要能找到寬頻（中國大陸習稱寬帶），他們就能接觸不一樣的人與事。買一個手提電腦上網，是城市中產階級的最愛，但對社會底層來說，最方便也更便宜的是走進網吧（台灣習稱網咖）。不少民工在工餘之際，就進網吧上網（一小時約兩塊人民幣），並且很快地學會打字，就可以和各地的網友聯繫，在網上尋找自己的新生活。

中國今日不少的網上名人，都是來自社會底層，他們就從網吧開始，透過威力越來越強大的搜索引擎，就可以進行一場「自我教養」的運動，不僅掌握時政發展，還可以追溯歷史。

網海如此多嬌，引無數英雄競折腰。

只要有網，生活就有了一個目標，他們要穿越那些網警的限制，拒絕那些色情資訊的誘惑，要在網上開拓自己一片亮麗的天空。

網海的寶庫

我的朋友小周說，如果他現在退休，最大的樂趣是可以每天上網，發現一個美麗新世界。

上網?我說你現在不是每天都在上網，為什麼還要等到退休後才可以上網?小周說現在網上其實已經是一座知識的寶庫，可以提供網民學習很多不同領域的知識，但也很花時間，爲了鑽研某一個題目，可以在網海中「上窮碧落下黃泉」，動輒每天花上十幾個小時。因而他期望能有更多的時間，可以在網海馳騁。

十幾個小時?小周說，對，就是要花很多很多的時間，他說現在中文和英文的維基百科全書網站，越辦越好，在科學、社會科學方面，不少人認爲比大英百科全書更好，更有時效性，一些條目如果因爲人事變化而有不同說法，立刻就有很多的「有心人」上網來更正，也當然會引來不斷的修正，擾攘半天後，就會有一個相對客觀的說法。

小周說，他現在每天就固定看維基百科的英文部分，發現比中文強很多，這當然是因爲中文維基百科在中國大陸被官方打壓、封鎖。但懂英文的大陸民眾，已經可以自由在維基的網海中遨遊，發現很多過去他們不知道的秘密，像毛澤東與中共黨史的秘辛，都會讓人大開眼界。

搜索智慧

我的朋友小周說，在這電腦網上發達的時代，錢鍾書和李敖等大儒學者已經「被擊倒」了，因爲只要進入威力強大的搜索引擎中，很多人都可以變成錢鍾書和李敖。

我吃了一驚，問他爲什麼有這樣的觀察？小周說，現在維基百科全書（Wikipedia）及「谷歌」（Google）等搜索引擎，威力強大，很多專有名詞或艱澀的說法，都立刻一目了然，不用皓首窮經，也不用寒窗十載，就可以對不少知識有所掌握。

小周笑著說：「我只要懂得怎麼搜索，就立刻可以成爲李敖。」

我反駁他說，網上搜索只是得到一大堆資訊，但很多也是垃圾，必須有提鍊的能力，才可以將資訊變成知識，將知識變成智慧。

小周說，他近日使用維基百科全書，從中文到英文，發現是非常好的自我學習工具，查不少條目，立刻有不同的連結，可以有舉一反三，觸類旁通之效。

小周說，這樣的讀書方法，是前所未有，也使以前錢鍾書、李敖等坐擁書城，「佔據」某些「善本」的獨得之秘，都已經成爲歷史。

不過，我反駁他說，做學問不僅是靠淵博，也要靠深入及創見，搜索引擎永遠搜索不到創見和智慧，人世間還是需要更多的錢鍾書與李敖。

足球寡婦

歐洲盃足球像一頭怪獸，吞噬了很多中國男人的精力。讓他們晚上悄悄地掀開溫暖的被窩，躲開溫香軟玉抱滿懷的妻子，來到客廳，打開電視機，和全世界十幾億男人一起吶喊，留下他們的枕邊人在哭濕了的枕頭邊，徬徨不已。

這是足球寡婦誕生的季節，無數的男人在夜色裡消失於妻子的視線中。他們也許一個人在客廳看球，或是成群結黨，在酒吧裡呼喊，讓酒精和遠方球場的激情攪混在一起。這是男人最團結的時刻。也許他們擁護不同的球隊，但他們都在擁護同樣的看球的權利。這是不能拒絕的婚姻假期，因爲夜色不再屬於睡房，而是屬於足球的空間，讓遠方的球場來遙控今夜的心情。男人要看這二十二個男人捉對廝殺的過程。兩支球隊就像兩個國家軍隊的競賽，進退有度，各施奇謀。那些汗水與掌聲，鮮花與毒咒，都是非常雄性的發洩。就在這喝采與喝倒采的過程中，男人發現足球其實是一種集體的心理治療，而歐洲盃由於它的全球化的魅力，竟意外地成爲一種全球性的集體心理治療。讓全球的男人團結起來，暫時遠離婚姻和男女關係的糾纏，因爲足球已經太過性感，讓男人太過投入，他們在球賽期間，原諒自己的感情出軌，也忍心讓數以億計的女人成爲足球寡婦。

世界杯是平的

世界杯是有傳染性的。已經凌晨四點多了，香港很多客廳的燈還亮著，在看世界杯。世界杯的光環是一種致命的吸引力，讓很多香港人晨昏顛倒。

我本來就常常晨昏顛倒，半夜三點鐘回到家裡，剛好迎接世界杯，那些睡意一下了被驅散，聽著那些球評的聲音，像聽著一種喃喃自語的符咒，走進世界杯蠱惑人心的世界。

也許是另一種全球化的力量，遠方的球場，就和自己家裡的後園一樣，是那麼親切。正如《紐約時報》專欄作家弗里曼（Thomas Friedman）的著作《世界是平的》所說，全球化的種種力量，像推土機一樣，將世界鏟平了。同樣地，世界杯也是平的，因爲一股又一股的力量，像推土機一樣，將世界杯的心靈球場鏟平了。

在香港的凌晨四點鐘，看遠方的歐洲、非洲、美洲與亞洲隊伍的競爭，融化了千萬球迷心中的疆界。在這一刻，世界是平的，那些足球的神秘力量，踢走了一切的藩籬，衝破一切的圍牆。只要有激情，就可以全球同步，共呼吸、共吶喊、共咒罵、共歡笑。世界杯開創了一個全球最大的心靈球場，讓大家分享一種全球同步激情的儀式。

美國人為何失去世界杯？

美國人為何對世界杯足球不感興趣？儘管美國隊這次在韓國的表現不差，但美國人喜歡及了解足球的人是邊緣化的一群，足球在美國是文化支流外的支流。一般老百姓對足球的遊戲規則以及足壇風雲都不了解。美國約三億人口，絕大部分是足球文盲。被視為全球化象徵的世界杯足球，始終與高唱全球化的美國社會絕緣。

足球在美國不流行，因為美國人不能分享足球的奧妙，他們認為二十二個人跑來跑去爭奪一個球，糾纏九十分鐘，也許最後沒有一球進了龍門，太拖沓、太沒高潮、太費勁，像一杯溫開水。他們寧願看籃球，像一杯熱咖啡，每分鐘能進好多球，高潮迭起。他們寧願看棒球，像一杯雞尾酒，一攻一守，別具懸念，並且將球速及變化球的研究變成一種藝術。

當然，美國人有自己的美式足球。他們認爲這是一杯烈酒，手腳並用，全副盔甲，猛烈碰撞，肢體接觸可以非常殘酷，這是美國獨特的運動，全世界只有美國、加拿大玩美式足球，美式足球的世界大賽等於美國國內聯賽，加國只是陪美國太子念書。這是美國體育運動的最高表現，一個足球明星身價可以傲視群雄，美式足球的周邊企業及電視轉播帶來龐大的利潤，有關美式足球研究的書刊更汗牛充棟。但這些足壇風雲只在北美上空迴蕩，其他地方始終不行；近年日本一度推廣美式足球，但玩不起來，與世界杯足球是兩個世界。

其實，美國人不了解眞正的足球不用帶盔甲，也不准用手。足球名符其實，靠「足下」之力推動，但也可以頭部爲武器，獅子搖頭突破敵陣。美式足球每次進攻時間很短，勝負立見。但是足球卻靠全場的組織推進。觀眾可以品嘗細膩短傳的精妙，也可以驚訝於長傳急攻的凌厲；過程徐疾有致，鋒芒暗露，這是一杯葡萄美酒，可以一杯又一杯地喝下去。

但美國人還是愛喝他們自己的運動烈酒。美式足球兩陣對圓，除了激烈的人肉戰車對撞，也講究戰術，有不少欺敵之計；也講究領軍人物的突破性角色。但最重要的是美式足球一波又一波的攻勢，一環又一環的防守，可以使高潮連綿不絕。很多美國球迷沉溺其間，耽在沙發上喝啤酒、吃薯片，成爲「搖椅鋒衛」，足不出戶，卻決算於千里之外。他們對世界杯足球嗤之以鼻，認爲那是外星人的運動。他們的心中只有美式足球，美國人玩的才是眞正的世界杯。

這就是美國人的運動美學。他們「足下」自成一個系統，不管窗外的美景與風雲變幻。美國人不想也不去了解世界杯足球的力與美。他們甚至不關心參與世界杯賽的美國子弟兵，在國際前線打了一場又一場的漂亮戰事。有些美國人甚至認爲，美國打世界杯的是僱傭兵團，他們大多來自歐洲及南美，而不是出生於芝加哥或德州的「美國金童」。美國打世界杯，在一些老美心中，只是以美元爲彈藥，以僱傭兵爲先鋒的公關遊戲而已。

美國人與世界杯足球的絕緣，也許就像美國外交上的單邊主義。他們內望而不外看，以自己的標準爲全球的標準，把國際的遊戲規則視爲異類。他們在自己的球場享受自己習慣的遊戲方式，卻不願費神去進入全球數十億人都陶醉的活動。這不僅是美國體育活動的盲點，也是美國權力邏輯的盲點。美國在世界杯的狂熱中只能靠邊站。他們不能分享這獨特的全球化儀式，也不能分享這項全球化的喜怒哀樂。要消弭美國的外交單邊主義，也許就要從美國人重新認識世界杯足球開始。

又見鄧麗君

記憶也有七年之癢。在鄧麗君逝世七週年之際，全球華人社會對鄧麗君的記憶竟是特別的稠密。香港的蠟像館在鄧迷的強烈要求下，推出鄧麗君蠟像。幾場有關鄧麗君的演唱會，正在緊鑼密鼓準備中，台灣著名小說家平路，也寫了一部以鄧麗君爲女主角的長篇小說，全書約八萬字，那些似乎飄遠了的音符，又在台海上空迴蕩。

迴蕩的拍子也伴奏著時代的呼喚。台灣民眾對三通的要求越來越強烈。華航最近的空難，不少死者就是台商，他們每週穿梭台海兩岸，但不能直達，而必須要經過港澳。一些台商喟嘆：多升降一次，就多一次風險，尤其他們一年要飛五十多次，等於多了五十次風險。因而台灣的商界大老如王永慶、張忠謀等都公開呼籲扁政府加速三通。

鄧麗君其實就是三通的先行者。早在八十年代，當兩岸關係還是乍暖還寒之際，鄧麗君的歌聲就早已穿越意識形態的圍牆，人未到，聲先到，改變了中國老百姓的文化感覺。對於那些歷經文革滄桑的心靈，鄧麗君的曲子是撫平歷史傷口的意外良藥。溫柔的、細膩的旋律，喚回那些傳統的記憶。〈小城故事〉、〈月亮代表我的心〉，成爲中國人集體療傷的感情避風港，更不要說她那些融合唐詩宋詞的曲子，讓文革後的文化荒原，重新找回中國經典的滋潤。明月幾時有，把酒問青天……青天就在鄧麗君的音符魅力中。

但沒想到在二〇〇二年的夏天，鄧麗君的歌聲再度煥發新的力量。當台灣的台獨基本教義派的勢力上升之際，民間渴望兩岸經濟整合，儘快三通的聲音也在加強。在這兩種力量拉鋸的夾縫中，在民進黨執政當局全力去中國化的時候，鄧麗君的歌聲是一股文化上的強大力量。她唱出了兩岸文化的同根性，從台北到北京，從高雄到上海，本是同根生，台獨何太急。在台灣出生、長大的鄧麗君，用音樂呈現兩岸千絲萬縷的文化關係。

鄧麗君的成長背景，代表現代中國顛沛流離的一頁，她是MIT（台灣製造），但父母都來自中國大陸，自小生長在軍隊的眷村中，她也吸納五湖四海的文化營養，更忘不了故園神州的一切，因而她的歌聲在細緻的節奏中，透著一股揮之不去的鄉愁。這不僅是對中國大陸的鄉愁，也是對中國傳統的鄉愁。江南風光，小橋流水，在二十世紀與二十一世紀的轉折中，竟是一道失而復得的文化風景。中國民間的情愛，婉轉曲折的情懷，具有最強大的生命力。在鄧麗君的詮釋中，衝破了意識形態的銅牆鐵壁。

歷史的反諷，在於鄧麗君音符所面對的最新意識形態，竟是她在台灣南部出生的土壤上所滋生的台獨思想。民粹主義的狂飆，以及日本皇民化的殖民懷舊，不斷在權謀的漩渦中發酵，但這一切都敵不過鄧麗君。這位台灣之女大聲地唱出「台灣人也是中國人，台灣之女也是中國之女。」

因爲鄧麗君之歌的主旋律就是「文化中國」。無論省籍地域、無論意識形態，鄧麗君的「文化中國」永遠是時代的最強音。一位去世已經七年的歌星，用她永不停止的歌聲，爲兩岸中國人唱出永不斷層的文化記憶。

鄧麗君與瓊瑤

鄧麗君去世多年了。但兩岸三地迄今還拍不出一齣鄧麗君的電影和電視劇。香港的鄧麗君影迷會倒是以「自力救濟」方式，籌款演了歌舞劇，吸引了全球各地的「粉絲」，但舞台劇的演出「稍縱即逝」，不少有心人都在積極推動，希望可以用影像拍出鄧麗君的魅力，長留人間，就好像《走向共和》，使孫中山及梁啓超等人的風采，再現人間。

但中國大陸拍鄧麗君不容易，因爲這多少有關政治。鄧麗君從來沒去過中國大陸，她在八九年六四事件中慷慨激昂的一幕，可能仍令一些中共強硬派人物坐立不安。但鄧麗君也有強大的「統戰」價值，她反對台獨，鼓吹中華文化。她的歌聲也在八十年代中國改革開放初期，成爲解放人們思想的一種背景音樂，從高亢的「革命音樂」回到〈小城故事〉的親和力，體會人世間的〈甜蜜蜜〉，因而她在大陸的「粉絲」特多，對她有一種特別的情愫。如果鄧麗君的一生能拍成電視劇，一定收視率奇高。

也許台灣作家瓊瑤可以策劃，與大陸電視的「湘軍」湖南衛視合作，尋找另一種突破。年前瓊瑤與湖南衛視聯手製作的《還珠格格》，叫好又叫座，紅遍兩岸三地。如果一齣描繪鄧麗君傳奇的電視劇《今日君再來》推出，相信也會極爲紅火。

今日君再來

鄧麗君猝逝多年了。她的音符歷久彌新，穿越了年齡層的限制，也穿越了政治的疆界，走進了越來越多人的心靈深處。

對不少年輕人來說，鄧麗君是他們爸爸媽媽愛聽的旋律，但當他們聽煩了太多重金屬的搖滾，太多無厘頭及不知所謂的流行曲後，第一次聽鄧麗君的曲子，就會有驚艷的感覺。

因而鄧麗君擁有新一代歌迷。一些在她去世時還在吃奶的嬰兒，如今已經在思想上斷奶，不被那些只有色藝而沒有歌藝的歌星所迷惑。他們從父輩仰慕的眼神中，發現鄧麗君才是眞正的歌壇女神，勝過那些只會勁歌熱舞而不會唱歌的「偶像派」。

鄧麗君其實超越了歌壇「偶像派」與「實力派」的二分法，因爲她早就身兼這二者之長，又能將歌藝提升到一個新的境界。一些知識分子也赫然發現，鄧麗君自己填詞的曲子〈星願〉，竟是如此清新可喜，又有難得的深度。十年生死兩茫茫。十年之後再聽鄧麗君，竟發現一個全新的歌迷版圖。

「如果沒有遇見你，我將會是在哪裡？」這是鄧麗君的名曲〈我只在乎你〉的開頭，唱出愛情的懸念。如果他和她擦肩而過，如果他和她邂逅的時機不對，那麼「一切都沒有發生」。

這是愛情小說不斷追尋的玄機。情緣總是發生在很奇特的時刻，料想不到，要來就來，要消失就消失，緣起緣滅，沒有人可以阻擋。

鄧麗君自己就逃不過命運的撥弄。她本來就要嫁入豪門，與東南亞富商之子共結連理，但卻差臨門一腳。

她與成龍也有一段緣，而成龍在回憶錄中，也追念倆人曾經擁有的一段「甜蜜蜜」、但也很快逝去的關係。

每一次聽慎芝作詞的這首〈我只在乎你〉，就會想到人生的傳奇，在現實生活中往往隱藏難以估計的能量，可以爆出一些讓自己和所有人都難以相信的發展。

那些蕩氣迴腸的旋律與歌詞，唱出了人生的無奈，唱出了緣起緣滅的祕密，也唱出了愛情永遠的懸念。

文字與音樂共舞

音樂與文字是靈感的雙胞胎，共生共榮，不離不棄。很多作家寫作時，都要播一首自己最喜歡的曲子，從貝多芬的《第五交響樂》，到王菲的〈容易受傷的女人〉，都可能刺激文字的跳躍方向。

但我喜歡隨緣的旋律。坐在意外落腳的咖啡廳，聽隨意播出的音樂，就有說不出的驚喜。從節奏感很強的搖滾樂、典雅的古典奏鳴曲，到張學友甜美的男中音，都會挑動我不同的寫作神經，寫出不同節奏的文字。即使在嘈雜的旺角茶餐廳，人聲鼎沸，冷不防餐廳老闆播出一首任劍輝、白雪仙的〈帝女花〉，也讓我莫名的感動，陷進回憶中的共鳴。

然而文字也拯救音樂。無論如何動聽的旋律，沒有文字的底蘊，就不可能引發更多的聯想，讀了村上春樹在《海邊的卡夫卡》對舒伯特音樂的描寫，以後再聽舒伯特時，就會泛起不一樣的聯想。古典音樂的曲名，經過翻譯之後，又展現另一種魅力，柴可夫斯基的《如歌行板》，讓人未聽先感動，更不要說中文世界翻譯古典音樂的《命運交響曲》、《英雄交響曲》、《悲愴交響曲》，早已在文字上創造了一種特別的氛圍，使聽眾在與音樂邂逅之前，就先和文字握手，交換了生命的感覺。

但音樂也可能是《無聲之歌》，就好像聾了的貝多芬，也可以用心靈去感受音符的起伏。我在輾轉各地的「寫作旅行」中，也常常走進一些沒有音樂、甚至是「反音樂」的世界。吵嚷的環境、噪音不斷的空間，但只要我的筆注滿了感覺，音樂和文字就會從筆尖流出，源源不斷。那些記憶中的音符，急管繁絃，如泣如訴，和文字交纏在一起，奏起了一曲只爲自己而奏的生命交響曲。

文字與影像的永恆戀愛

今天的電影是走進千家萬戶的精靈，也是歷史上最活躍的精靈。電影發明了約一百年，但它牽動觀眾的普及化力量，在過去十年間上升到最高峰。隨著DVD的發明，電影從電影院走進了客廳，尤其在中國大陸，中產階級的電影收藏量居世界之冠。中國製造、只要幾百塊錢而又有糾錯功能的DVD放映機，結合了說起來令人臉紅但又無處不在的盜版影碟，使中國人和電影全球化的命運緊密地結合在一起。全世界最好的和最壞的電影，都出現在數以億計的中國家庭裡，他們以第一時間觀看好萊塢最新、最紅火的大片，也以懷舊和崇敬的心情，看遍了東西方的經典電影。

電影變得不再神秘，也不再貴族。每一個人都是影評家，每一個人都可以說他對某種電影的觀感，好看還是不好看。但恰恰在這電影普及化的年代，電影更需要文化的解碼能力，解開一些隱藏在文化迷霧中的人文訊息。

因爲電影的空間永遠和人文的空間連接。影像不是孤立的，而是與整個人類文化遺產連接。影評家的論述，往往不再限於電影本身，而是延伸至銀幕以外更寬廣的世界。

影評家的筆鋒，就是去探索電影世界與人文世界之間的秘密通道，發現那些暗伏在影像中的訊息。原來影像不再孤獨，而是與文字連接在一起的。在銀幕以外，文字寫出了光與影背後的世界，也許比電影更痛苦或更快樂，也許比電影更荒誕或更理智，但沒有文字論述的電影，就不是一個完整的作品。影像與文字就像一對至死不渝的戀人，不斷在交換生命的碎片，你中有我，我中有你，最後渾然一體，完全融合在一起。

這是文字的另一種出路。面向那些聲光燦爛的感覺，文字走進一個多維的世界，躍進一個更纏綿纏綣的天地。原來王家衛的《重慶森林》有這樣多的隱喻，原來《阿甘正傳》的笑聲背後有這樣多的淚影，原來岩井俊二的《情書》尋回了日本人集體的初戀情懷，原來李小龍的憤怒超越了個人的恩怨情仇，吼出了一個時代的感覺……

影評因而是文字與電影的奇緣，誕下了靈感的結晶，超越了文字與電影，爲人文的天空抹上了亮麗的色彩。影評沒有對錯，但卻有好壞；影評不是喃喃自語的意識流獨白，而是文字世界與電影世界的永恆對話。

電影和影評也許是一場苦戀，也許是一場私奔，但這註定是充滿戲劇張力的戀愛。影評不能沒有電影，電影不能沒有影評。就在這無休止的互動中，星光才會更加璀燦，靈感的夜空才會更加深邃迷人。

輯三▼文化跋涉

旅行就是戀愛

我的朋友小周說，他最近要到西藏去旅行，探索這個世界屋脊的宗教與人文天地。他說現在每天下班後就拚命上網，搜集相關的資訊。

我說去旅行還眞不簡單，不僅是瀟灑走一回，還要「做功課」。小周說，這就是「深度旅行」的特色。認眞的旅客，不再滿足於跟著旅行團去吃喝玩樂，在一些旅遊景點拍張照片，證明曾經「到此一遊」就算了，他說去一個地方，就好像去談一場戀愛，要老老實實、認認眞眞去了解，並和它產生互動。

我覺得有點太玄了。旅行就是戀愛？小周不厭其煩地解釋說：戀愛的最高境界，就是彼此交換生命的碎片，旅行也是這樣，去一趟西藏，也是一種緣分，代表旅人與這塊地方發生一種新的關係，認識它，了解它，撫摸它，愛它……

然後呢？我接著說，然後你開始煩它，討厭它，恨它，切斷和它的任何聯繫，甚至不能容忍別人再談論它。

小周苦笑地罵道，這樣說也許太刻薄，但往往很正確，他說有一陣子他愛去泰國旅行，吃泰國菜，看泰國電影，但後來卻莫名其妙地情緣淡了，甚至到最後連一口冬陰功湯也不想喝。小周總結說：旅行與戀愛，永遠是生命的謎團。

旅行的靈感

旅行就是不斷改變生活方式。離開熟悉的生活軌道，遇上每天難以預測的人與事。會喚發生命中特別的化學作用，一些平常完全沒想到的反應，竟然會從自己身體中釋放出來，因而旅行文學的終極主題，就是旅人在發現全新的風景之際，也在發現自己內心世界的全新風景。

一場旅行歸來，行囊中裝載的不僅是刺激與新鮮感，也裝載著生命中全新的願景。

新的願景是由於新的視野。二〇〇五年重訪美國，發現華人的力量正在迅速上升，開拓了一些過去想也沒想到的行業，像華人的交通業，顛覆了主流社會的操作模式和價格結構。從紐約到波士頓或費城，收費只要美金十塊左右，比傳統的灰狗長途客運便宜了太多。而在紐約市內，從法拉盛到唐人街，如果坐地鐵，轉車及等車，起碼要一小時，但坐華人公司所辦的專線小巴，刁鑽靈活，不到二十五分鐘就到達，收費只是兩塊。

這其實開拓新的視野。華人社會內部的競爭力，也改變了美國社會的競爭力。一些潛藏在華人社區內部的商機，變成了美國主流社會的商機。華人獨特的陸路交通網，不僅面對華人消費者，也吸引其他族裔。一些其他族裔，也競相效尤，客觀上提升了美國的競爭力。

如果美國華人的創意可以改變美國社會，爲什麼全球華人社會的創意不可以改變全球？這是全球化現象中的最新願景，讓全球華人的資金、人才的自由流動，創造一個更有競爭力、更人性化的全球格局。

另一種第三者

我的朋友小鄭說，他最近出去旅遊，都沒有帶上新買的數位（數碼、數字）照相機、以免不斷「謀殺風景」，拍了一大堆「垃圾」，反而成爲一種負擔。

我問他爲什麼會拍了一大堆「垃圾」，爲什麼會「謀殺風景」？他說因爲現在新型的數位照相機太先進了，可以隨便拍三、四百張，因而往往胡亂按下去，以爲可以「搶鏡頭」，但大部分拍得亂七八糟，回到家裡，還要在電腦上把這些風景和人物「刪除」。

我說這也沒什麼了不起，就只是多了一層「刪除」的手續。但小鄭說，這也形成不同的心理反應。拍多了，結果根本沒有在旅行期間「聚焦」，不像以前用菲林底片的照相機，爲了避免浪費底片，都精挑細選，才按下快門，拍出來的「人與事」都是精心傑作。

小鄭更進一步說，他和女友出去玩，拿著數位相機到處亂拍，結果最後還被女友罵，說他和她在一起不專心，到處亂拍一些最後可能還是被「刪掉」的東西，反而不能專心她和她欣賞周邊的一切。

小鄭最後詭譎地笑說，他的女友已經宣佈，他的一台數位照相機已經變成了一個「第三者」，影響他們的關係，所以今後出遊，決定不再帶這位「第三者」。

重訪法拉盛

紐約市法拉盛就是一個「小中國」。我的朋友老何說，這個紐約市的華人社區，已經逐漸取代曼哈坦的華埠，凝聚更多的動力，也有更多來自全球華人社會的新移民，而來自中國大陸五湖四海的新移民，更以壓倒性的比例，改變了這社區的面貌。

我和老何相約在法拉盛的館子「上海灘」，在炎炎夏日中吃火鍋。這其實也是重慶和成都的特色，天氣越熱，越要吃火鍋。老何說法拉盛的華人人口，已經比十年前翻了幾番，他說這社區越來越髒，到處都有人在隨地吐痰，有些街道臭氣沖天。

他說法拉盛的中文書店越來越多，尤其賣中國大陸圖書的書店，不斷在開，價錢也越來越便宜，而法拉盛的公立圖書館，更是全美公立圖書館中借書量最多、電子設備最好、中文藏書量最多的地方。我說這就好像中國大陸各大城市的書城、圖書館到處都擠滿人，看那些年輕的心靈，如飢似渴地去追求知識，就覺得這社會很有希望。老何說，法拉盛就是小中國，在人聲、書香與「痰影」中，折射今日中國人的痛苦與希望。

中美延伸至心靈深處的橋樑

越來越多「一點五代移民」出入於中美兩種文化之間，成爲延伸至雙方心靈深處的橋樑。

美國是民族大熔爐（Melting Pot）？這是美國社會學的舊神話，強調美國將全球民族共治一爐，鑄鍊出全新的美國民族。但比較新的美國論述認爲，美國不是大熔爐，不能熔解原來不同民族的特色，而是一碗沙拉（色拉、沙律）的理論（Salad Bowl Theory），讓不同特色的作料攪在一起，芹菜還是芹菜，土豆還是土豆，但拌上美國核心價值的沙拉油，會呈現一碗色香味皆全的美食。

這也是美國多元化社會的永恆吸引力，使這一碗美國沙拉越來越大，越來越豐富。而美國兩百多年歷史所提煉出來的沙拉油，強調多元文化價值，尊重程序正義的法治，以制度化的民主落實權力的制衡，期望激發社會無限的創意。

這也是每年多少新移民美夢的開始。他們要衝破語言與文化的障礙，要當一個新的美國人。他們不少人逃離了故國的政治壓迫，或揮別經濟的匱乏與痛苦，要在這塊「希望的土地」上，實現自己心中的美國夢。

第一代移民大多要在「同化」的過程中掙扎，要努力適應美國沙拉油的味道，而他們的下一代則早已非常美國化，有意識或無意識地割捨父輩的一切。但今日越來越多「一點五代移民」沒有這樣的心理負擔，他們出入於中美兩種文化之間，成爲兩種文化的橋樑。

這道橋樑延伸至中美心靈的深處。美國人對中國文化不再是刻板的印象，被「傅滿洲」、「陳查理」及「雜碎」所誤導；中國人對美國文化的了解，也不再是天使與魔鬼的兩種極端的形象。

第一點五代移民成爲最新的文化大使，讓雙方可以眞切地凝視，交流生命的碎片。原來在人性的橋樑上，美國人和中國人都需要深度的交流。

美國沙拉油的核心價值，不應「內外有別」，而應是普世價值。中國人要面對美國價值的挑戰，不能逃避人權問題的指控。但美國也要面對中國人的質疑：爲何美國國內的民主與平等，會變成國際上的霸權，無法落實國際關係上的民主與不等？

這也許是停不了的爭論，但只要橋在，就可以超越滔滔的惡水，連接起中美關係的最新靈感。

中國寧靜革命的先鋒

中國約三億中產階層邁開新的生活步伐，也在啓動改革的新節奏，奔向民主與法治的理想彼岸。這是一場寧靜革命。無聲無息的，沒有口號，沒有群眾集會，沒有鬥批改，而只有生活方式的潛移默化。中國大陸的中等收入階層，也就是香港和台灣一般習稱的中產階級，正以高速度增長，預計到了二〇一〇年，估計至少將會增至五億人，也將成爲全世界最大的消費市場。

這是全世界都不能忽視的經濟趨勢，也是中國人所不能忽視的政治趨勢。當一個社會的中等收入階層越多，社會的穩定性就越強，而要求民主改革及人權的力量也越大。在穩定中求進步，在進步中求穩定，需要推動制度化的創新，中國當前滯後的政治改革就能迎頭趕上、水到渠成；今日老百姓急切期待的法治社會也能瓜熟蒂落。

這也許是很多中國人的夢，但夢境的接力賽從中產階層開始，他們是這項歷史長跑的第一棒。當二十一世紀之初中國約三億中產階層邁開新的生活步伐之際，他們其實也在啓動改革的新節奏。可以想像，如果中國的中產階層已達五億人，中國的政治改革也必然匯聚一股沛然莫之能禦的力量，衝破任何障礙，奔向理想的彼岸。

但彼岸就從此岸的積累開始。今日中國中等收入階層最大的成長動力，在於對教育的投資，他們爲了不斷改善自己及下一代的生活品質，不吝投下更多心力與資源去改善自己的能力。從社會心理趨勢來看，他們是「人心向上」，反映不甘雌伏的力量。今日的中等收入者要更上層樓，成爲明日的中上收入和頂級收入階級。

這也許是市場經濟的動力，但也夾雜對昔日負面回憶的動力。苦日子是不能忘記的，必須努力學習，天天向上，才能確保自己能夠奔至理想的彼岸。

但這趟階層之旅，卻必須靠高速前進的經濟列車，如果速度慢了下來，如果出了軌，如果車上的乘客在打架，中國的「階級矛盾」就會爆發。在有限的資源中，不同階層的關係就會變得緊張、尖銳。熟悉政治經濟學「階級分析」的中國人民，當然不會不了解箇中玄機。

不少中國人民都在樂觀地生活，因爲經濟的勢頭強勁，因爲他們看到「明天會更好」的成長空間。中產階級萬歲，也是中國萬歲。這是中國統治者必須倚賴的階級。他們吹響了時代的號角，成爲中國寧靜革命的先鋒隊。

偷搭生活列車與理論補票

他們在北京的後海、上海的新天地、廣州的珠江畔看季節的變化，其實也在看中國政治季節的變化。越來越多中國的新一代「小資」，以全新的生活方式來迎接生命的起承轉合，突破過去的文化節奏和政治邏輯。

這一切都是因爲經濟的變化。正如馬克思和克林頓的共識：傻瓜！這都是經濟！當中共當局強調要追求「小康」時，中國的小資發現他們近年所偷搭的生活列車，終於補上了理論的票，不再憂慮會突然出軌，也不會被查票趕下車。

小資的生命驛站，當然包括了「小康」。沒有小康，就沒有小資。但小康並不等於小資，小康只是爲小資作出經濟的鋪墊。小資除了具有中等的收入，還需要有一種生活的格調，有一種對時代風尚的憧憬與追求。小資都瞧不起那些暴發戶式的揮金如土，而嚮往精明的新生活方式，既敢於消費，也敢於精明地算計。他們伸手截停出租車（計程車），卻把車子開到最近的地鐵站。他們敢於送玫瑰花，但卻要挑選一枝很罕有的粉色玫瑰。對！一枝也勝過九百九十九枝，只要是代表心情的顏色。

小資的讀物也是國際化的先鋒。他們愛讀捷克作家昆德拉的《生命中不能承受之輕》、法國作家杜拉斯的《物質生活》、日本村上春樹的《挪威的森林》、意大利作家卡爾維諾的選集。他們也愛台灣作家王文華的《蛋白質女孩》、幾米的《向左走，向右走》。他們遨遊網上，不斷搜索一些在平面媒體看不到的訊息。他們也許對現實政治沒有太大興趣，但對現實的資訊卻是難以忘情。他們喜歡看《南方週末》、《新周刊》、《財經》、《書城》、《南方人物周刊》，讀自己城市的都市報；但他們最大的興趣還是國際流行的價值觀，要用對異國的想像來彌補當前現實的欠缺。

這也許是小資獨特而又廣闊的文化空間。他們是全球化的忠實支持者；他們也許不會說太流利的外語，卻是外國流行名著譯本的忠實讀者。

小資因而成為中國一個最新的「歷史範疇」。他們是寧靜革命的先鋒，以「物質生活」的鋪墊和對「時代風尚」的追求，顛覆了馬列毛的意識形態，開創了中國社會的新路向。他們揮別了父輩「小資產階級」的悲劇命運，以快樂、輕鬆的身影，走進充滿樂觀氛圍的生活「新天地」，享受心靈秘密花園的「後海」風光。小資是中國消費時代的寵兒，也是社會變革的意外推手。

中國多元化的感情基地

廣州既有港式的務實與效率，但也有歷史與文化的底蘊，敢爲天下先，追尋多元化社會的理想。

廣州又成爲全國愛恨交織的焦點。這個南方城市永遠是敢爲天下先和多元化的感情基地，「木子美現象」就是從這裡開始，在全國發酵、蔓延，引來一陣又一陣毒罵，也掀起一波又一波驚嘆。

木子美的網內網外熱潮，其實是以廣州的「小資」氛圍爲鋪墊，她的散文及小說都是以廣州爲背景，反映這個城市的文化氣候：沒有教條的包袱，容忍多元化的生活方式。

畢業於廣州中山大學哲學系的木子美，剛好是這幾年中國小資崛起的弄潮兒，也特別體會廣州文化的特色。廣州人每天都看香港的電視，對港式文化耳熟能詳，也身體力行追求港式的務實與效率，但卻不屑港式的勢利與淺薄。因爲廣州人以深厚的文化與歷史底蘊而自豪。他們忘不了黃花崗七十二烈士起義，也忘不了三元里反英抗暴風雲。中山大學的校園不僅當年有魯迅、陳寅恪的身影，今天也有袁偉時、任劍濤、艾曉明等文史哲先鋒學者的聲音，可以與京滬學界爭一日之長短。

寬容也許就是廣州的特色。即使在文革的高峰，趙紫陽任廣東省委書記時，也以大度及細緻的工作化解外地紅衛兵的粗暴。到了文革後期，廣州街頭的李一哲大字報轟動全國，省委編撰的反面教材，也以另一種方式和度量來宣揚反對派的看法。

當然，文化人都忘不了在八十年代期間，遇羅錦、戴厚英的文章在京滬兩地都找不到發表的地方，只有廣州花城出版社敢爲他們出書。到了今天，全國讀者都在讀廣州出版的《南方週末》，而大家也不會問爲何沒有一份《北方週末》來刊登揭發弊案的調查報導。

木子美在自己的文章中，也刻下廣州的種種烙印。她記得一九九九年中國駐南斯拉夫大使館遇炸案後，廣州大學生在沙面使館區遊行示威的往事，激越的家國之情與激烈的愛情糾纏在一起。廣州的酒吧、天河書城、星海音樂廳，都是她的靈感孕育之地。正是羊城獨特的文化氣息，使她的文字不斷在追求中國文壇的非典型作品。她的調侃，比王朔更痞子；她的都會奇情，可以比王文華更蛋白質。這是網上的一桌流動的盛宴，迷倒網內網外的癡男怨女。她敢於用赤裸裸的心靈寫赤裸裸的身體，搶回詮釋自己身體的權力，也預示老百姓終會尋回詮釋自己歷史的權力。

停不了的上海傳奇

思路決定出路，格局決定結局。上海傳奇是一波又一波的新舊交替，讓生活智慧不斷自我提升。上海永遠是一個磁場，吸住全國的精英，吸納更多的能量，也因而使自己的磁力越來越強，成爲一種良性循環。這是停不了的傳奇，開埠以來，這個夢幻的城市就華洋雜處，不嚴夷夏之防，不禁創新之舉，開拓讓人想不到的局面。這也許是歷史的偶然，尤其歷經租界的滄桑、政權的更迭。但上海就是上海，它永遠是「上」國衣冠，「海」納百川，追尋不一樣的命運軌跡。

但上海之夢會不會受制於上海的舌頭？上海人之間長期以來都只說上海話；不會說上海話的「外地人」往往被視爲「非我族類」。但歷史的眞實是：上海話從來都不是上海權力之門的門票，無論是政治的還是文學的權力。曾任上海市長的陳毅、朱鎔基都不說上海話；上海文學史的旗手如魯迅、瞿秋白、丁玲、葉聖陶等都不說上海話；在上海住了大半個世紀、研究上海史的專家唐振常也不說上海話。

也許上海人最認同的語言是權力，而在這新世紀的大都會，經濟才是最流行的權力語言。一向細膩的、精明的上海市民抓住這時代的脈動。他們迅速告別了政治狂熱的激情，投身改善自己生活品質的激流。

思路決定了出路。「新上海人」其實就是上海的永恆典型。苟日新、日日新，只有不斷的自我革新，才能在黃浦灘上脫穎而出。每一個「老上海」其實都是「新上海人」的延續或後代，昔日的異鄉成爲今日的故鄉，祖輩的「新」成爲今日的「舊」，但箇中蘊含的動力永遠不變。

上海是中國新舊交鋒的薈萃之地，近代中國的革命與反革命都與上海難以分割。中國共產黨就在上海成立，蔣介石的權力基礎也是源於上海，更不要說「四人幫」的「老巢」也是上海。上海的新舊激盪與風雲際會，開拓很多「非上海人」的想像空間，反而迷惑了上海人。像香港電視劇《上海灘》的詭譎劇情曾經風行滬上，港人創作的主題曲旋律也在上海人心中迴盪。

上海也是文化戰場的必爭之地。三十年代的國防文學論戰，魯迅和周揚都是

「新上海人」，他們不僅改變上海，也在爭奪改變中國命運的權力。「新上海人」的格局決定了結局。不管來自何方，他們都善用上海開放及求新的格局，追尋自己生命中的最佳結局。

上海的傳奇就是靠這一波又一波的新舊交替，舊中有新，新中有舊。他們其實並不互相排斥，而是不斷融合。唯一不變是對「精明又要高明」的追求。上海市民的生活智慧，無論新舊，總在不斷自我提升。這是停不了的傳奇，也是中國現代化歷程中停不了的動力。

雜技芭蕾與上海的痛苦

在上海大劇院看另一種《天鵝湖》。這是結合西方芭蕾與中國雜技的表演，呈現讓人大開眼界的肢體語言。原來芭蕾舞是可以這樣跳的，加上了中國雜技的驚險，女主角可以在男主角的頭上、肩膀上翻騰，就在間不容髮間維持身體的平衡，還要展現優雅的舞姿，讓觀眾看得目瞪口呆。

雜技《天鵝湖》開拓了一種新的劇種，伸展了西方芭蕾的肌肉，使它更柔軟，打開了另一種想像空間，白天鵝與王子的互動，從柴可夫斯基的古典世界，走進了中國少林寺的迷離天地。天鵝湖似乎變成了洞庭湖、太湖，最後變成了一齣中國的江湖傳奇。

這是兩種文化、兩種技藝的融合。初看似乎勉強，但細看又感受一股新的動力，因爲西方的芭蕾語言及音樂，又賦予中國傳統雜技新的動力，讓它可以更深沉，更有彈性和更多層次的味道，那些動作的轉折與高難度的身段，有了更多的文學鋪墊，展現華麗的風貌，但另一方面，西方芭蕾因爲這些中國民間的雜技，也突然武藝精進，可以做出過去想也不敢想的動作。

從正統芭蕾舞者來看，這是大逆不道，但觀眾看出了雜技的功力，賦予西方這門古老的肢體語言一種新的風采，顯得更瀟灑，更收放自如，更有一種奇特的魅力。

上海大劇院是滬上的縮影。它金碧輝煌、氣派萬千。兩年前第一次來到這兒聽演唱會，感到上海的硬體建設，速度比香港都快。一些上海人自豪地說，上海的改革開放，雖然起步比深圳晚，但一定會後來居上，要成爲中國的紐約。

上海的確很像紐約，老百姓靈活變通，精明能幹，上海的小市民是最會「過日子」的群體，他們要抓住當前的機遇，不斷改善自己生活的品質，也在客觀上不斷改變社會的體質。

但上海的社會體質，卻還是參差不齊。那天晚上在上海大劇院看《天鵝湖》，看到高潮之際，卻突然發現前面一行座位上有幾個人在動來動去，原來是有人遲到進來，在那邊找位子。第一流的表演和第一流的場地，卻有第三流的管理。表演已經開始，在最緊張最精采之際，居然還會讓遲到的觀眾進來，干擾其他觀眾欣賞。這是香港、紐約永遠看不到的怪現象。

當然還有手機。在上海大劇院看一場表演，前後左右都不停有手機鈴聲響起，那些觀眾似乎每個人都身懷家國重任，非要邊看《天鵝湖》邊指揮另一場表演。他們毫無愧色，也不見管理人員前來干涉。這是上海的「燈下黑」，在金碧輝煌的背後，是與國際規範距離很遠的軟體建設。

星星、月亮與太陽
——比較香港、台北、北京的女性

女人是城市風尚前沿的尖兵。她們比男人更能掌握城市的脈搏，因為她們的城市末梢神經更為發達，可以感覺急速變幻的城市風景，呼吸不同城市的女人味道，這往往就是了解不同城市性格的最佳途徑。

香港女性是全球最有權力的一群。也許是由於殖民政府昔日的培植，她們是公務員隊伍的領導與中堅力量。從昔日政壇元老鄧蓮如、前政務司長陳方安生到前保安司長葉劉淑儀等，香港女性發揮「女儀天下」的特色。她們精明算計，也很現實主義，甚至帶點強悍，連香港不少的女明星也受到這種形象的影響，如梁詠琪、鄭秀文等，都是英氣多於柔媚。她們代表這個城市務實的一面，不會被虛無飄渺的感性所誤導。總是腳踏實地與男人搶奪更多的天空。女人不僅要頂半邊天，她們是耀眼的星星，要照亮權力的夜空。

台北的女性是月亮。她們的原型是鄧麗君——〈月亮代表我的心〉，溫柔是她們最佳的武器。台式國語的柔情表達方式，如「等一下下」，「好好玩嘛」等，都是令男人未回答先被勾魂的聲音。但除了嗲而不膩的聲音，更重要是她們的肢體語言。一位香港男人憶述他的體驗：有一次他與一群朋友坐在一起聊天，旁邊坐了一位剛認識的台灣女孩子，大家吃著水果，只見這位女孩子很用心，很細心地剝了一顆葡萄。然後，很溫柔、但也很若有若無地放到他面前。在那一刻，他被鎮住了。因爲他從來沒有遇上這種場景，更何況那女孩子並沒流露任何意思要追他，而只是要表達一種好感。結果怎樣？那位香港男士說，他以後再也沒見過這女人，但他從此就愛上了台灣女人。因爲她們不會覺得侍候男人是恥辱，也不全然是爲了取悅男人，而是源於一種母性的衝動。

北京的女性則完全是另一種風韻。她們是太陽，炫麗的、直率的、尊重文化，總在生活中展現她們有情有義的一面。她們不少人喝起白酒來，可以與男人平起平坐。有些外地男人會覺得她們有點「傻冒」，但她們交朋友可以肝膽相照，不算計。北京女人的原型也許是老舍的《駱駝祥子》裡的虎妞，也可能是在北京多年的女星鞏俐。她們展現燕趙文化的「大氣」，是「好樣的」，像熱情而又燦爛的陽光，溫暖了中國男人的心房。

我的韓國翻譯

那天傍晚從仁川機場出來，就有一位高個子的小帥哥來接機。他舉起寫著我的名字的牌子，靦腆地站在那邊。我過去和他打招呼，隨後的五天，他就是我的韓國之旅的翻譯，英文韓文互譯。但他其實不僅當翻譯，還成為我了解現代韓國的一個窗口。

小林今年才二十一歲，在外國語大學念三年級。但他其實是小留學生，初中就到英國念私立貴族學校，中學畢業後才重返首爾讀大學。他說英文帶著濃濃的英國腔，也學了英式的冷，有點不苟言笑。但他做事很有效率，也很守時，和他朝夕以對，使我發現這一代韓國青年人的特色。

他們的特色就是糅合傳統與現代，既西化也本土。他不滿韓國社會那種男尊女卑，論資排輩的現象，但又對自己的國家及文化充滿自豪感。他說今年暑假後就要入伍服役，要在軍中兩年。我問他既然當過小留學生，爲什麼不一直待在外國，就可以不用服兵役，省了兩年，不要浪費青春？他卻正色對我說，這樣做不可以，在韓國會被人看不起。他從來都不會這樣想。對於西方社會青年男女的性關係及毒品濫用的問題，他說他絕對不會做一些讓父母失望的事。

我看著他青春也充滿自信的面容，也看到韓國社會年輕一輩的巨大動力。

輯四▼文字輸出

文字的爆發力

寫作是一種特殊的狀態。即使在忙得喘不過氣的工作壓力下，還是要鑽進時間的夾縫中，去發現文字的彈性感覺。

因爲只有在夾縫中，才能發現更寬廣的天地。每次在重重壓力下趕稿子，就會特別嚮往那些閒雲野鶴的日子，就會特別有效率去閱讀。即使迅速地瞄一下或是看一本書的作者介紹，也會記得特別牢，印象特別深刻。

也是在一種瘋狂的，歇斯底里的狀態中，文字才會有一種意想不到的爆發力。

每一個記者都會有這種經驗，在被採訪主任咒罵，被上級編輯呼喝中趕寫的稿子，往往比在家裡慢吞吞寫一天一夜的稿子還要好。

這也許是一種文字的腎上腺作用。在不可能的角度出手，可以衝破心靈的圍牆，可以奔越靈感的高原，讓文字掙脫虛情假意的禮服，以眞面目示人。千軍萬馬的繆思要越過靈感的獨木橋，就要插上文字的特別翅膀，飛越千山萬水，也飛進一個不知名的感情驛站。

文字的勝利

——《哈利波特》現象

《哈利波特》是包含很多訊息的文化現象。厚厚的一本書，不靠插圖作賣點，全部都是文字，讓全球的小讀者爲之瘋狂。在電腦遊戲、漫畫佔主導的兒童世界裡，《哈利波特》是一場文化反攻，讓文字戰勝圖像，讓閱讀回歸到基本面，只要文字能帶來魅力，不讓圖像霸權肆虐。

我記得當年八歲的兒子朗朗是哈利波特迷，他從六歲時就開始看，四五百頁的巨著，他讀起來一點也不皺眉頭，一個人躲在房間的角落，專心地看兩三個小時，使大人看見也嚇壞了，說怎麼小孩子可以這樣沉得住氣，朗朗帶點不屑的語氣回答說：「你們不懂！」

一些親友擔心，小孩子沉迷於《哈利波特》，會被書中光怪陸離的怪力亂神所誤導，分不清楚現實與虛幻的區別。我想起小時候讀武俠小說，也有一些著迷的小孩說要去深山拜名師學武藝，或是要展示輕功，從高處躍下受傷。但這畢竟是非常少的少數。似乎在小孩子的心靈中，還是有一種自動調整的能力，在朦朦朧朧中，可以分辨眞實與想像。

但恰恰是想像的力量，刺激小孩子思考一些平常不會思考的東西：正與邪如何較量？生與死的距離有多遠？巫術是眞是假？這是一次單獨的旅程，龍潭虎穴，高潮起伏，但不變的是一種永不停止的好奇心，原來命運是可以如此曲折，生命可以如此好玩與恐怖。這一切都是靠文字所構築的想像空間，超越電腦的虛擬世界。這是文字的勝利，也是人類想像力的勝利。

舌頭與寫作

在香港回歸前後，流行推廣普通話。這當然是好事，可以打破港人的語言局限。推廣普通話的論據之一，往往強調學好了普通話，中文寫作就會好，因爲文章不再夾雜廣東話，可以用更純淨的白話文來表達。

其實這種說法似是而非。會說普通話，也許在口語對白的寫作上有些幫助，但並不是誰的普通話說得好，誰的中文就自然會寫得好。這可是天大的誤會。

我當了多年的編輯，就對此有深刻的體會。不少說普通話的作者，包括幾位在廣播界及電視界有名的人，說普通話時字正腔圓，雄辯滔滔，但寫起文章來卻一塌糊塗，白字連篇，或是語法不通。他們流暢的口語，對他們寫文章並無任何幫助。另一方面，很多完全不會說普通話，或是講得很差的人，卻可以寫出漂亮的中文。在粵港文化界，老一輩作家及報人大多如此。追溯得更遠，康有爲、梁啓超這兩位廣東人，都是用廣東話學中文，官話說起來，比不上任何一個北京人，但他們寫出來的文章，卻是擲地有聲，影響了當年中國的歷史進程。

其實寫作好壞的關鍵，在於多看書、多思考。腹有詩書氣自華，下筆自然如有神助。寫作好壞與舌頭發音準不準，並沒有必然的關係。

在英語世界中，道理也一樣。千里達作家奈波爾（V. S. Naipaul）及印度作家魯西迪（Salman Rushdie），英語發音比不上很多英國人，但他寫出來的英文作品，卻可以進入英語文學的殿堂，讓不少英國作家自嘆弗如。

香港年輕一代的中文差，在於書讀得太少，很多人連金庸的武俠小說也沒看過，而只滿足於改編自金庸的電視劇及漫畫，更不要說去看現代與古典的名著。當思維方式只倚賴講話及影像的時候，文字就像飄遠的靈感種子，失落在電子媒介的喧譁中。

中國知識

香港常被譽爲國際城市，又或是中國的經濟首都，但其實香港人的接觸面很窄。我認識不少香港人，生於斯長於斯，到了中年，卻從來沒有結交過非廣東人的朋友——尤其是不會說廣東話的外省人。他們有些甚至是社會中堅，教育程度很好，中文和英文都不錯，但就是不會說普通話（中國國語、華語）。這當然是與殖民地教育制度有關，剝奪了他們自小學普通話的機會和權利。但更重要的是，他們的中國知識大多缺乏，對廣東以外的其他省分一知半解，充滿一些似是而非的刻板印象。

回歸初期，這種情形還很難一下子改掉。我曾和一名在某名校念小學五年級的學生聊天，問他中國的首都在哪裡？他說不知道。我問他學校不是有地理課嗎？

他說大都是學英聯邦的，像澳洲和紐西蘭的首都在哪裡，他都曉得。

大學畢業生似乎好不了多少。《亞洲週刊》編輯部招募新人的考試，包括一些中國人文知識的測驗，應徵的大學畢業生大多不合格。這些題目包括：中國各省的簡稱，如湖南是湘、山東是魯等，也問南京的別稱是金陵還是金山？四川的省會是成都還是重慶？有些落榜的應徵者事後抱怨說，他們在中學和大學都沒學過這些東西，覺得問題太冷僻了。

冷僻？這也許是冷戰的結果。在中國大陸被視為「鐵幕」而與香港隔絕的年代，香港的教育制度也與中國的地理、國語（普通話）及中華文化漸行漸遠。但怎麼解釋與中國大陸關係更敵對的台灣，大學畢業生卻擁有好得多的中國知識。

中國大陸開放幾十年來，港人北上投資絡繹不絕，亟需大批熟悉中國的人才，但香港整個教育系統卻遠遠趕不上。教育界甚至早已被泛政治化，糾纏在歷史教材要不要教六四的爭論中，但卻不在乎很多香港的大學生根本不能夠跟王丹和魏京生聊天。

香港方言文學

我的朋友小周說，香港報章及媒體的方言標題，越來越嚴重，連他這個道地的香港人，也常常要想一想才搞懂是什麼意思。

我問有什麼廣東方言會令他這個廣東人看不懂？小周想了一下，說有些話其實不是方言不方言，而是好的中文與壞的中文之別。

小周舉例說，香港報章近年常出現「企跳」一詞，大字標題，讓他如墜五里霧中，後來仔細看看上文下理，才曉得是「企圖跳樓」的簡稱。

我說這其實與方言無關。但有些大字標題的確比較方言化，如「催谷」一詞，例子是：地產商「催谷」炒家進場。它的意思是指「刺激、推動」，但對非港人來說，也看得迷迷糊糊。

小周說，其實在六、七十年代，香港報紙副刊還有很多用廣東方言寫的專欄，如「高雄」、「三蘇」等人，都寫得文采斐然，極爲「抵死」（粵語：很絕、很巧妙），但現在香港的方言文字，大多極爲庸俗粗野，難望當年精品之項背。

你懂中文嗎？

你懂中文嗎？小張從小在蘇州長大，畢業於廣州的中山大學。在香港大學念研究生。他說初來乍到香港社會，卻常常被香港人問一個問題：「你懂中文嗎？」他說在那一刻，他眞的懷疑自己的耳朵，也懷疑自己的身分，怎麼自己從小學中文、卻在香港被人家懷疑不懂中文。後來他才搞懂，香港人所說的「中文」，就是指廣東話。香港人問他懂不懂「中文」，就是問他懂不懂「廣東話」。

小張說，他眞佩服香港人的自信心和對語言的自豪感：中文就是廣東話，廣東話就是中文，讓其他不懂廣東話的中國人，都突然間變成了文盲。

小張還發現，香港街頭廣告和報章上標題所說的「母語教學」也引起不少誤會，讓來自香港以外的中國人以為是用中國國語（普通話、華語）教學，但其實香港人所說「母語」，是道道地地的粵語。

我和小張解釋說，香港的語言生態，和其他華人社會迥然不同。每一個人從幼稚園到大學，中文都是用廣東話來教。回歸十年，沒有太大變化，不少中小學教普通話就和教法文一樣，都是每週一兩堂課，學生的思維還是廣東話。這也形成香港人的獨特「中文觀」。小張說：有這樣的「中文」，也使港人與其他地區的華人有一道無形的語言的圍牆，難以打破。

南洋中文

一九九七年底第一次赴馬來西亞參加《星洲日報》花踪文學獎的活動，覺得大馬的華人新生代對華文文學的熱情，勝過了港、台的年輕人。

香港在六七十年代曾經出現不少「文藝青年」，但今天已成陳跡；台灣的文學活動也大不如前。中文世界飄零的文學種子，都落在南洋蕉風椰雨的土壤上，結出美麗的文學花朵。

大馬華人青年，如果念華文小學及中學，中文程度一般都勝過香港。尤其是南洋各地的華文教育，都是以華語（普通話、中國國語）教授，因此他們都會說流利的華語，這比起香港來，更具競爭力。我曉得一些國際企業，都喜歡聘僱馬來西亞的華人，因爲他們的語言能力多元化，大多能說英文、馬來文、普通話、閩南話（台語）、廣東話，在全球華人社會及國際舞台縱橫進出，佔盡優勢。

看大馬或新加坡的中文報章，發現某些詞彙很不一樣，如香港「的士」在當地稱爲「德士」，貨車則音譯爲「羅厘」，源自Lorry一字。在公司企業中，Chief Executive officer（CEO）譯爲「首席執行員」，與香港的「行政總監」、大陸的「首席執行官」、台灣的「執行長」大異其趣。

在交通新聞中，新、馬報章中習慣用「川行」一詞，如「川行吉隆坡與香港的貨船」，但在港、台及大陸三地，都不會這樣寫。

新加坡的中文報章，已全部用簡化字，向中國大陸看齊，大馬的報章則繁簡夾雜，沒有統一規範。對中文出版商來說，這是好事，因爲繁體或簡體的中文書刊，讀者都可以看得懂。

好幾次在新加坡酒店內看中文電視廣播，主播的普通話發音字正腔圓，腔調和北京的中央廣播電台一樣，我以爲是延聘自大陸的專才。但後來新加坡朋友說，這都是當地訓練的，是土生土長的新加坡人。這又使我想起香港在語言上的劣勢了。

一字兩制

繁簡之爭是中文世界的奇緣。中文由於政治之爭而出現的「一字兩制」，到最後卻是和平相處，並且彼此交叉滲透影響，結果出現繁中有簡，簡中有繁的現象。

在香港和台灣兩地，儘管學校及媒體都在使用繁體字，但一些筆畫太複雜的字已漸漸讓位給簡體，像「台」早已取代「臺」，如今台灣沒有多少人會用「臺」；除了新台幣鈔票上的「臺灣銀行」。另一個字是「體」，越來越容易被「体」來代替，「體」寫起來也許很「體」面，但卻不能「体」現今日社會重視速簡的精神。

另一方面，中國大陸堅持多年純用簡化字的規定，也一次又一次被打破。京滬閩粵各大機場及口岸，海關的大招牌大多使用繁體字，這似乎是內外有別，方便來自海外的華人。街道上的商店招牌，也多繁簡夾雜，一字兩制。雖然北京當局曾經三令五申，要以簡驅繁，但繁簡交織，卻成爲今日中國幾個大城市的文字奇觀。

近年中國大陸研究中國文字的學者，提倡學生應該「學簡識繁」，也就是要出入兩制之間，不能有所偏廢。倒是一些中國大陸機構在香港所辦的刊物，用起繁體字來常出現「過繁」的怪現象，如將「范」徐麗泰寫成「範」徐麗泰；經濟「系」寫成經濟「係」；更離譜的是把皇「后」寫成皇「後」。從簡入繁，但學藝未精，亂繁一起，結果是煩死了讀者。

中文打字普及化，也沖淡繁簡之爭。當前香港流行的倉頡輸入法，已使一些複雜的字簡單化，如「齊」字只取YX兩碼，打字速度絕不會輸給打簡體字的五筆輸入法。朱邦復也許沒想到，他所發明的「倉頡」，成爲保衛繁體字的功臣。

文字的誤會

八十年代初，我在紐約的中文報章當主筆與編輯，開始接觸一些從中國大陸出來的知識分子，他們大多是留學生，拿了學位後，加入美國中文報業的行列。每天編完報後，我們都會開個小會聊聊，看看有什麼可以改進之處。我開始時常說：「大家來檢討一下吧。」沒想到大陸來的同事臉色一變。後來聊開了，才曉得他們對「檢討」一詞的誤解，因爲在大陸，要某人自己「檢討」一下就意味他犯了「政治錯誤」，要鬥、批、改了。他們哪裡曉得，港、台說「檢討」二字都是稀鬆平常，絕無政治涵義的。

這些深刻的經驗，使我了解中文世界中種種或隱或現的圍牆，影響了全球華人的溝通。中文在中國大陸、台灣、香港及東南亞等地，每天約有十四億人使用，是唯一可以和強勢的英語爭一日長短的文字，但由於近半個世紀政治上的割裂，中文世界內部出現太多不必要的誤會。

這其實是冷戰的後遺症。自一九四九年到八十年代，世界兩大陣營對立，中文的世界被分割成大陸內外兩個陣營，彼此不相往來，各說各話，各寫各文。文字的誤會自然容易出現。香港在這兩大陣營的夾縫中，由於是殖民地，並沒有如台北及北京政府那樣，於五十年代初全面推動中國國語運動，而是沿襲中國數千年的法子，用自己的方言來學中文，終至發展成今日根深柢固的港式中文，也與兩岸的中文距離頗遠，另成一家。

南洋的中文教育，倒是較容易與兩岸接軌，當地政府一般不會強制用華語（中國國語、普通話）教中文，但由於各省籍的華人林立，廣府、福建閩南、福州、海南等方言各不相讓，反而使整個中文教育一開始就採用華語，使方言與中文脫鈎，使祖籍不同的人消弭了文字的誤會，也使他們較易與兩岸的文字交流。

大陸中文「革命輸出」

中共自四九年主政以來，不僅改變了中國的政治與文化，也影響了現代中文的風格。馬列的翻譯文體在漢語世界中留下了深刻的烙印。五光十色的政治口號及與政治活動有關的文字，甚至「革命輸出」至港、台及海外華人地區。

馬列的翻譯文體，往往句子太長，破壞了中文亟需「斷句」的特色。最要命的是一些「硬譯」會引起歧義的說法，舉例來說：「不可戰勝的中國人民」就很有問題，因爲這也可解釋爲「中國人民不可戰勝」，也就是說中國人民必然會落敗。七六年唐山大地震後，到處都是這些口號，看到中文這樣被蹂躪，心中的哀傷，不下於對震災的悲痛。

但並不是政治化的文字都不好，恰恰相反，中共從農民革命起家，一些政治口號都很活，令人印象深刻，也因此在大陸以外廣爲流傳，如「老中青三結合」、「掛鈎」、「掛帥」等，甚至在政治鬥爭中所用的詞如「穿小鞋」等，也都很形象化，令人一見難忘。當然，有些太教條的提法，即使在國內也不會流行很久，如「五講四美三熱愛」、「一個中心兩個基本點」等，到最後還會成爲被笑謔的對象。

也有一些與政治無關的字眼，逐漸滲透至香港、台灣，如「肯定」一詞，開始時在海外頗被排斥，但後來也被「肯定」了。至於「反思」一詞，現在差不多已代替了台港以前習稱的「反省」和「省思」，兩岸三地都可以共同「反思」了。

但最難的還是一個「搞」字，大陸流行說：「我是搞物理的」、「我是搞新聞的」，香港人往往誤寫爲「攪」，其實兩者的普通話發音完全不一樣。大陸人看到港人「搞」、「攪」不分，覺得港人是在文字「攪局」。但港人也「搞不通思想」，爲什麼在大陸，「亂搞男女關係」會成爲政治罪狀。

台灣中文「反攻」大陸

台灣的中文，保持了很多一九四九年前中國大陸的用法，也吸收日文及台語方言的表達方式，別具一格。隨著兩岸交流日漸頻密，台式中文也因此悄悄登「陸」，影響神州大地。

近年甚受新聞界注意的是「共識」一詞，已由台灣「反攻大陸」。共識在政治學中常用，英文是Consensus，台灣借用日文的說法譯爲「共識」，言簡意賅，也望文生義。中國大陸本來不用這詞，過去都寫成「取得一致」，又或是「統一口徑」，但沒有「共識」二字那麼簡潔，因此後來江澤民也會說：「我們對台灣問題已有了『共識』。」

台灣的「共識」一詞，沒想到在中南海建立文字的橋頭堡了。

另一個詞是「訴求」，這源自英文Appeal一詞，但近年流傳一時，如道德的「訴求」，民主的「訴求」，訴之不盡，求之不已，也讓大陸的報刊的文字防線洞開。此外如「整合」、「取向」、「認知」等源自社會科學的譯詞，也馳騁大陸。

但台灣一些來自日文及台語的用法，則由於隔閡太大，還是只能在寶島流通，不能越文字的雷池半步，如「有志一同」，是日文成語，指團結一致，共襄盛舉，台灣的一些報紙廣告刊登賀辭，祝某人金榜題名，下款數人聯署之後會寫上「有志一同」。香港及大陸民眾會覺得似懂非懂。

此外，像台語「老神在在」，即「氣定神閒」，也無法外銷，至於近年政府愛用的「說帖」一詞，類似港府當局所說的「指引」，即「政策說明」，也無論如何「說」不進大陸讀者的耳朵。

廣東話中文揚威異鄉

近年香港報刊出現大量的「廣東話中文」，將廣東話直接入文，弔詭地落實了胡適所說的「我手寫我口」的信條。

在香港報刊歷史中，用粵語寫文章其來有自，當年《明報》的「三蘇」怪論，就是一絕。六、七十年代，《中國學生週報》的「快活谷」版就把廣東話的特色與趣味發揮得淋漓盡致，大受歡迎，編輯陸離等人可記一功。但陸離及《中國學生週報》的作者如西西等，都會寫漂亮的中文，而不是像今天的一些記者或編輯，躲在「我手寫我口」或「本土化」的大帽子下來掩飾文字的拙劣。

其實中國各地的方言文學一直有其勢力。研究上海史的學者發現，滬語小說及小品，曾是上海小報的特色。台灣近年由於本土意識興起，也有一些台語文學出現，但從語言勢力及普及程度來看，則遠遠比不上香港的廣東話中文。這主要是香港的教育制度，從幼稚園到大學，大都是用廣東話教中文，而在其他華人地區，從上海、台灣到新加坡、大馬，都是用普通話（中國國語、華語）教中文。

港人的口語與白話文脫了鉤，中文卻改與方言掛鉤，形成港式中文異常發達，並推陳出新，反而向其他地區「文字輸出」，如「埋單」、「跌破眼鏡」、「生猛」等，都在台海兩岸及南洋流行，一些詞彙甚至被發展引伸，如台灣和大陸早就用「埋單」來代替「結賬」，但也往往改寫成為「買單」。台灣作家並覺得「生猛」一詞不應只用來形容海鮮，而借用來描繪人的性格，更見入木三分；至於「跌破眼鏡」一詞更在台灣發揚光大，寫成「眼鏡片碎滿了一地」。港式中文不僅沒有自卑，反而在異鄉揚威，志得意滿，可眞令台灣文化界的「眼鏡碎片灑滿寶島」。

破譯京港的文化密碼

京片子怎麼變成了港式廣東話？「北京人藝」出身的編劇何冀平，當年力作《天下第一樓》在香港演出。字字推敲，化京腔爲粵白，實現了語言上「不可能的任務」。

語言儘管改變，但語言背後的文化，卻從舞台上飄向香港觀眾的心靈。以廣東話去了解北京，和用北京語去了解香港，都不是「不可能的任務」，但任務的成功關鍵，是如何掌握兩地的「文化密碼」，雙向互譯，最後你中有我，我中有你，從而分享兩個城市的心靈秘密。

何冀平是最能分享這兩地心靈秘密的人。這位生於北京的廣西人，中央戲劇學院畢業、曾在「北京人藝」任專業編劇，一九八九年自北京移居香港。她熟悉京港兩地社會運作，了解兩地價值觀及風格之異同，甚至把這些矛盾與緣分，寫到她的劇本《明月何曾照兩鄉》中。

這齣與《天下第一樓》打對台戲的戲劇，描寫來自北京的傳統麵店，與香港重視企業管理現代化的義大利薄餅店之爭，雙方比鄰而居，明爭暗鬥，但中間又穿插了男女戀情及新舊移民的誤會，跌宕起伏，高潮迭起。但更具吸引力的是它觸及了港人一根敏感的神經——港人歧視外地人，又懼怕來自中國大陸的競爭而追根溯源。港人自以為現代化的薄餅店，老闆義大利人卻重視中國傳統，重視七百年前馬可波羅從中國帶去義大利的麵條及薄餅。京港之間不打不相認，而斡旋其間竟是西方文化的淵源。也就是說，歷史是解開城市密碼的論題，而城市密碼的交換，又可以重新認識歷史。破譯京港的文化密碼，就必須從歷史開始。

譯林冬暖

一九九七年的香港，即使快到聖誕節，還是只穿一件單衣。大家都說這是由於全球氣溫趨暖的「聖嬰」現象（El Nino），也有翻譯爲「厄・尼諾」現象。意譯與音譯並存，在中文媒體常見，但孰好孰壞，卻是要經過歷史的考驗。

近代西方名詞輸進中國，翻譯得音義兼備的很少，「可口可樂」（CoCa Cola）是罕見佳作，而林語堂常談到的幽默（Humour）也是神來之筆，現已成爲根深蒂固的中文用法，很多人都不知道這是進口貨。可見音義並重是好翻譯的條件，可以歷久彌新。五四時期常見的音譯如「梵亞鈴」（Violin）早已成爲絕響，如今大家都只會拉「小提琴」；另外「煙士披里純」（Inspiration）也湮沒，完全敵不過「靈感」；只有一些發思古幽情的作家如林博文等，偶爾會愛用「煙士披里純」

的說法來調侃一下歷史煙雲；但如果不加註英文，年輕的讀者完全不知道是什麼意思。

一些音譯則有地域之別，如「杯葛」源自Boycott，在香港頗爲流行，但在中國大陸及台灣，大家還是愛用「抵制」。然而在香港要抵制「杯葛」二字很不容易，因爲很多作者或編輯認爲這是唯一正確的用法。

譯事難，一名之立，旬日踟躕。在中文世界，仍有一些有心人爲中文的純淨而費盡心血。散文名家思果（蔡濯堂）是典型的例子，他寫的《翻譯研究》等書，已成爲翻譯界的經典，也是很多大學的必讀書籍。這位曾任中文《讀者文摘》主編的作家，也把這本美國刊物辦得很中國化，有時候譯文比英文原作還有文采。思果如今已去世，但他當年在退休後，曾一度復出爲《讀者文摘》撰寫專文，討論翻譯的常見弊病，旁徵博引，字裡行間的心願，就是在譯林蕭瑟的冬天中，帶來希望火炬的暖意。

輯五▼經典細想

張愛玲革命

張愛玲逝世多年了（一九二〇——一九九五）。這位一生傳奇的作家，死後的傳奇還在延伸至千萬讀者心中。她那種對中國人際關係的冷睿觀察，對情場如戰場的體會，都成爲中國文壇新一頁傳奇。

這也使這十多年以來的中國文壇加速質變。無數年輕一代作家或網上寫手，自覺地或不自覺地成爲「小張愛玲」，讓那種「張氏筆法」的精靈走進自己的文字基因中，在字裡行間散發張愛玲式的魅力。

這當然是一種文體革命，顚覆了黨與政權長期所主導的「大敘述」風格，不再以意識形態及國族命運爲優先；而是以「私世界」的微觀剖析爲重，刻劃內心活動的微妙節奏，在華麗與蒼涼的色彩中，一步一步走向「小資萬歲」的世界。

張愛玲成爲一個新的偶像，默默地，在人潮洶湧的書市中，在眾聲喧嘩的網上，張愛玲和模仿她的複製品像流行歌星一樣，搶走政客和大亨的鋒頭，也搶走了詮釋文學史的權力。中國文壇不再被魯迅的「徬徨」與「吶喊」所壟斷，卻被張愛玲的「傳奇」和「傾城之戀」所迷惑。

張愛玲寫非典

張愛玲如果在二〇〇三年非典（SARS）蔓延的香港，她會搭乘電車，坐在上層的前面，打開車窗，迎著疾吹而來的風，讓風吹走滿街滿巷口罩的蒼涼，讓風吹走傾城之疫的恐懼。

電車的鈴聲，曾經陪伴張愛玲失眠的晚上，它速度緩慢，蜿蜒地行駛在香港島的街道上，也走進了張愛玲的心靈軌道。很多年後，當張愛玲獨居加州，與朋友隔絕之際，也許香港電車的鈴聲，還在她的耳際迴響。她的范柳原和白流蘇，在淺水灣酒店定情，但當他們從中環去灣仔的時候，也要搭上電車，看街上的口罩觸目皆是，范柳原會和白流蘇說：「走，我們回上海去！」

張愛玲如果寫一本《傾城之疫》的小說，會把《傾城之戀》的情節延伸，敲碎，弄扁、拉長，讓一段本來不可能的緣分，變得更可能、但也更痛苦，更纏綿。白流蘇在回上海之前就在紅磡車站被感染了。她被送到威爾斯親王醫院隔離，和范柳原生死相隔，但她不氣餒，她想到上海家人對她的歧視，覺得寧願死在香港，她在病房用手機發簡訊給范柳原：「還記得淺水灣酒店嗎？」范柳原回答說：「當然，我們就是在電話裡定情的。」在生死契闊之間，隔離不能改變緣分。白流蘇會不會死，張愛玲還未決定，但可以肯定，范柳原永遠也不會在電車的上層戴上口罩。

李鴻章與張愛玲

張愛玲和李鴻章是什麼關係？張愛玲的祖母李菊耦，就是李鴻章的女兒。從童年開始，張愛玲就背負著中國近代史沉重的包袱。祖輩的恥辱與貴冑的血液，流動在生活的每一個細節中。「中堂大人」的招牌，在清末民初之際，有著難以言說的重量。他是在清室衰微中，折衝內外，忍辱負重的老臣。當八國聯軍攻陷北京，慈禧太后及光緒皇逃到西安之際，李鴻章與列強談判周旋，於絕望的形勢中將損害極小化，甚至善用列強的矛盾，避免進一步的殖民化。

但李鴻章的形象一直擺脫不了漢奸的陰影。張愛玲就在這沒落貴族的殘照中，發現人生的扭曲與荒謬。她的不少作品的人物原型，都取材自家族的長輩。如《金鎖記》的人物，就來自於李鴻章次子李經述的家裡，曹七巧的原型，張愛玲從小叫她「三媽媽」，但最受人矚目的是〈花凋〉的故事，脫胎於她的舅舅家，女主角其實就是她的表姐黃家漪。這些人物的影射，曾引起家族的不滿，舅舅據說曾因此向張愛玲大發脾氣。

不過「漢奸」的陰影，後來又籠罩在張愛玲自己的婚姻中，她與胡蘭成緣起緣滅，擺脫不了歷史重擔。胡蘭成後來成爲汪精衛政權重要人物。也許午夜夢迴之際，張愛玲會想到李鴻章與胡蘭成的命運。他們在大時代的轉折中，選擇了不一樣的生命軌跡，也帶來了張愛玲不一樣的文學軌跡。

張迷驚艷

沒想到在大半個世紀之後，胡蘭成又攪亂了中國文壇。這一切都因爲他和張愛玲的情緣與孽緣。當胡蘭成的舊作《今生今生》二〇〇三年首度在中國大陸出版後，即引來很多「張迷」的驚艷。他們終於了解，爲什麼張愛玲會愛上這樣一位爭議性的人物。他的張狂、自我中心、到處留情以及對中國民間社會的獨特視野，都和張愛玲的都會性格截然不同，但又剛好互補，形成一種奇異的「對照」，而這恰好又是張愛玲小說中的永恆主題。

在胡蘭成筆下，張愛玲是新式的「民國女子」，她在十里洋場的氛圍中長大，培養一種早熟、敏銳的感覺。但正如張愛玲的自我剖析，她對世事的了解，往往是透過都會中的間接經驗；在兒童時候，是先看到了海的圖畫，才看到了海，是先念了很多愛情小說，才接觸到愛情。但在鄉間長大，並且從小受舊學薰陶的胡蘭成，卻有不同的生命經驗。他的文章寫出中國江南的秀麗與嫵媚，採桑採茶、清明端午，看戲過年。背誦唐詩宋詞、四書五經，也與江南的景觀和人文感覺融合在一起，再加上胡蘭成母親的諄諄教誨，傳承中國民間的智慧，如不准他挑食，也不准他暴飲暴食，將生活與傳統文化的智慧糅合，悠悠的。這恰恰與張愛玲的都會快速節奏與緊張感形成「對照」。這是都會「民國女子」與鄉鎮「民國男子」的奇妙化學作用，寫下文學史上一頁蕩氣迴腸的「對照記」。

重看金庸

很久沒幹這種傻事。連續六七個小時看金庸的電視連續劇《射鵰英雄傳》。這是中國大陸新拍的連續劇，全長四十二集，每集四十分鐘，拍的風格與以前香港的版本迥然不同，既細膩又波瀾壯闊，展現中國影視界的功力。

即使在星期六，也讓人看得暈頭轉向，但仍然一集又一集的看下去，就好像昔日小學四年級第一次看《射鵰》時的感覺，練功不眠不休，要一集又一集地追下去。當時和母親及姊姊一塊兒從街角的租書店租回來看，讓幼小的心靈，從香港的水泥森林，走進大漠寬廣的草原，分享那些傳奇人物生命中的喜怒哀樂，起承轉合。掩卷驚嘆之際，也不禁神馳塞外的雄奇，低迴江南的幽深。

這其實是閱讀金庸小說的意外收穫，駐足中國歷史與文化的世界，八卦、五行、唐詩、宋詞。那些高來高去的武功只是幌子，關鍵是俠義之士的世界觀，與時代背景的變幻。

在香港殖民地的教育中，金庸的小說成爲中華文化的「及時雨」，下在乾枯的心靈土壤中，培育了不少拒絕讓文化記憶斷層的新一代。

如今在中年重看童年時的想像空間，從文字變成影像。金庸小說變成童年與中年的對話，讓夢境從歷史向現實延伸。在星期天的午後，意外地在金庸的世界中，尋回了失去的童年。

金庸啓示錄

金庸也許從來沒想過，他的武俠小說成爲全球華人的中華文化教材。很多年輕一代的海外華人，從小在「非中文」的文化環境中長大，被父母強迫學中文，總有隔靴搔癢的痛苦與尷尬，那些像圖畫的方塊字，距離自己的生命經驗太遙遠，橫看不成嶺，側看也不成峰，學中文只是很多小孩子星期天上中文學校時的煎熬。

但金庸小說意外地改變了這一切。一些學生開始時似懂非懂地走進金庸的武俠世界，也從一條奇異的通道走進中華文化的世界。他們不僅只是看那些刀光劍影，也驚見五行八卦、太極兩儀之道。他們發現中華文化並不只是儒家的禮義廉恥，也有九流十家的多元天地，建構一個不一樣的文化江湖。那些有情有義，爲朋友兩肋插刀的忠勇之士，不見得都是名門望族，而往往是屠狗之輩。相反地，滿口仁義道德的卻常常是兩面三刀，叛師叛友的陰險之徒。

如果從後現代觀點來看金庸小說的古典世界，他意外地解構了中華文化的「正派」論述，不再是那些江湖權力的主流來掌控一切，反而是那些在邊緣的，非中心的小人物，可以殺回中原，向名門望族叫陣、向朝廷挑戰。也許若干年後，一些在海外靠金庸小說學好中文的新一代，可以成爲厲害的中文作家，向兩岸三地的中文作家挑戰，發揚禮失而求諸野的古典智慧。

停不了的金庸

金庸傳奇的後勁仍然非常凌厲，就像郭靖偷練的九陰眞經內功，綿延不斷，雖然已經八十多歲，金庸在文學的武林中還在出招，他最近與中國作家王蒙在香港浸會大學對談，論人生劍道，語言的機鋒恍如銳利的劍鋒，刺向人性的幽微之處，令觀眾如癡如醉。

二〇〇三年其實也是「金庸年」，在中國大陸，共有五部電視連續劇不約而同以金庸的作品爲題材，就好像《黑客帝國》（《駭客任務》）的電影系列，五個金庸互鬥，電視上到處都是「金」影幢幢，令金迷目不暇給。

中國大陸重拍的電視劇《射鵰英雄傳》，也被認爲比香港以前拍的版本好多了。主要是它的選角好，也肯大手筆投資，拍出大漠風光，也拍出一些過去難以拍出來的情節。像梅超風的角色，由著名的舞蹈家楊麗青演出，將金庸筆下的厲害功夫，拍成又毒又艷的風格，風靡觀眾。

恰恰是梅超風的角色，在金庸新修訂的版本中出現變化。金庸的最新筆調，展示桃花島主黃藥師與出走徒兒梅超風的曖昧情愫，使日後的情節發展，更有強大的戲劇張力。

《射鵰英雄傳》電視劇，也有一些驚喜的亮點，像蔣勤勤飾演的穆念慈比武招親那幕，她與楊康在擂台上邂逅的那一幕，拍得像一齣芭蕾舞劇，淒美浪漫，但又預示悲劇的結局，是高明的影像詮釋，讓金迷感動不已。

MBA金庸

如果黃蓉是CEO，她會帶領企業奔向何方？以全球華人社會所熟悉的經典作品作爲「參考座標」，以大家熟悉的人與事作爲例子，在虛擬的問題中，找到現實世界的答案。

黃蓉絕頂聰明，七繞八轉地使她的男人郭靖在華山論劍中抗擊群雄，就是因爲她巧思妙計訂立論劍的遊戲規則，但機關算盡太聰明，黃蓉領導的丐幫和桃花島，在她接掌之後，就一步一步地走向式微。

這也許是金庸都沒想到的問題，他創造了武俠小說的眾多人物，深植人心，而這些角色之間的恩怨情仇，悲歡離合，似乎最後只留下江湖的一聲嘆息，但從現代組織管理的角度，其中又有很多可以深究之處。

因爲關鍵的問題是：爲什麼很多武功高強，才智逼人的角色，最後都不能改變歷史的軌跡？爲什麼他們只在比武的擂台上獲勝，而不能在歷史的戰場上取勝？從陳家洛、郭靖、洪七公，到金毛獅王、張三丰到蕭峰，多少英雄豪傑，都是含恨而終，沒能實現企業永續經營的目標，因而只有透過MBA的觀點來剖析金庸小說的人物，才有現代化的啓示。

村上春樹咖啡

已經凌晨兩點了，還在看村上春樹的新著《海邊的卡夫卡》。走進了他那個沒有黑夜和白晝的世界，忘了時間的座標，心中只有感情的速度，要飛越那些生命的疆界。

村上春樹的魅力，在於他游移現實世界的細節與超現實的幽微之處。他比巴爾札克更巴爾札克；但也比吳爾芙更吳爾芙，在現實與超現實之間，他的小說像一把刀，刮掉生命中多餘的脂肪，可以看到、觸摸到那些本來被掩蓋已久的感覺肌理。他在東京一家小酒館的感覺，竟會延伸至全球萬千讀者的心靈跑道。大家接過他的感情棒子，奔向生命的秘密花園。

每次看村上的作品，都會被他描寫場景的能力所迷倒，他將現實主義的細膩筆法，與魔幻的風格糅合，呈現一個如幻如眞的世界，但又緊扣男女主角內心中波濤起伏的脈動，讓讀者沉醉其間，也使他的小說成爲主流文學與流行文學以外的一種獨特的文類。

感覺如此敏銳的作家，生活上卻是非常有紀律，他早睡早起，相信作家的身體素質會影響到他的靈魂。每天大清早起來就寫作，不菸不酒，也沒聽見他有羅曼史，他與妻子的生活很低調，已經五十多歲了，但沒有小孩。也許他的作品就是他的孩子，從七十年代後期開始，他的作品如《聽風的歌》到八十年代風行全球的《挪威的森林》，像一個又一個走出家門的孩子，長大成人，已經成爲不同文字國度的寵兒。這也是村上春樹的永恆魅力。他說二十五年前寫成名之作《聽風的歌》只用了自己百分之四十的功力。他覺得只要自己體力好，健康狀況保持在最佳狀態，他也會保持文學上的最佳狀態。

儘管村上的小說寫盡了社會的邊緣人和種種奇特與不正常的生活方式，但他自己卻過著一種積極與「健康寶貝」的生活方式。他說現在經過二十五年的歷練，已經可以發揮百分之八十五的功力。因而他的讀者在他的最新作品中，只遇到了百分之八十五的村上春樹。

在台海兩岸三地，他的譯本主要由林少華（大陸）及賴明珠（台灣）翻譯，風格殊異，但都廣受歡迎。

在中國東北長大的林少華，譯文風格是文字優美，用了不少中國成語，使讀者看譯本如看中文著作，行雲流水。台灣的譯者賴明珠則強調抓住村上春樹的「和魂洋裝」的風格，要準確譯出原著沉浸英語文體的味道。她說翻譯的人最好是一杯白開水，才能泡出村上咖啡的原味。

但在中文的容器喝村上春樹這杯咖啡，也許就像在台北和香港吃日本式西餐。

中國文壇零的突破

二〇〇〇年秋天，傳來中國作家高行健獲得諾貝爾文學獎的大新聞。這是中國文壇零的突破，也是中國人第一次在科學領域以外奪得諾貝爾的桂冠，消息傳來，全球華人都感到振奮。

但在振奮之餘，則是文學的惆悵與新聞的反思，為何中國作家的作品長期與諾貝爾獎絕緣，為何秉承幾千年豐富文學傳統的中華民族，近百年來都與這國際文學的殊榮擦肩而過？魯迅、沈從文就輸給泰戈爾、海明威？巴金、老舍就不如賽珍珠、卡繆？台海兩岸近年也有不少作家傳出獲獎的呼聲，像北島、楊煉、莫言、蘇童、王蒙、虹影、李敖等，但每一年都是期望越大，失望也越大。

高行健獲獎帶來媒體的驚奇，揭曉之前，中西主流媒體並沒有聽到任何的風聲，諾貝爾獎的評委也許追尋獨特效果，讓廣大的華人讀者分享這種驚爆式的感覺。

這是投向中國文壇的文化原子彈，震醒了不少的阿Q主義和酸葡萄心理；中國人的作品終於衝向世界，也衝破不要和世界文壇比較的心理防線。中國文壇在這遲來的掌聲中，也許可以更自在地檢視自己與世界的關係，不用再呢喃地說：「中國文學不需要靠諾貝爾來肯定自己。」

不過，高行健獲獎後普受議論的不是他的文學，而是他的政治。他在六四事件後宣布脫離共產黨，長期卜居法國。北京的官方新聞網站在他獲獎後，一直遲遲不發新聞，全球「獨漏」，本身就是一則獨特的新聞。

從比較文學來看，高行健也許和俄國的諾貝爾文學獎得主索爾仁尼琴（索忍尼辛）相似，他們不僅在政治上與當權派口徑不同，更同樣經歷過癌病絕症的試煉；在死亡的邊緣，反而找到創作的新動力。

一九八六年，高行健在中國承受政治壓力之際，患上肺癌，他毅然隻身遨遊西南邊疆，尋訪文化遺痕，在生死邊界作最後的旅行，結果癌病奇蹟般地霍然而癒，而長篇小說《靈山》構思也因而完成。他後來歷經七年把它寫完，甫出版就在法國引起巨大迴響。

作家與政治的角力，也是與命運的拔河，詭譎懸疑，充滿文學的張力。高行健的作品《車站》，隱諷共產主義早已過時，題旨尖刻，意境深遠。從索爾仁尼琴到高行健，他們都展示靈感的強大生命力，展示政治是一時的，文學才是永恆的。

現代派和傳統的智慧

——高行健的文學與政治

文學的光環，剎那間竟變成政治的陰影。北京當局對高行健獲得諾貝爾文學獎的泛政治化反應，在全球華人的集體心靈中投下一道長長的陰影。中國文壇在世界文學的走廊中走過百年孤寂之後，竟是面對一場變生肘腋的政治風暴。

但風暴的眞正核心並不是這位諾貝爾獎得主，而是中國政治與文學糾纏不清的體制。爲甚麼北京領導層不能以「平常心」面對高行健獲獎？爲甚麼官方傳媒不能按照新聞規律如常報導，而要幕後緊急開會，才由中宣部發出通知來定調？

對高行健來說，他厭惡政治，擁抱文化與藝術。中國作家兼顧創作與理論的人才本來就罕見，錢鍾書、王蒙是少數例子，而高行健更兼顧繪畫，最近他的畫作在巴黎羅浮宮展出，台北也爲他舉行畫展，展現他多才多藝的一面。

但最令人驚奇的，還在於這位被視爲現代派的作家，其實中國傳統文化的根柢很深，他幼受庭訓，熱愛古典，《古文觀止》許多篇章倒背如流，也通讀《史記》、唐宋詩詞。中國古典小說《紅樓夢》和《金瓶梅》都是他的至愛。中國文壇曾經有人說高行健是八十年代興起的「尋根派」，要找回他們從未接觸的中華文化。但其實這是文學的誤會，高行的文學血液中，一直流動著傳統的智慧，他早已擁有中華文化的根，並以此作爲創作的靈感。

文化的根源就是語言，高行健表示，這次獲獎是中文的勝利。諾貝爾獎終於正視漢語寫作的廣大作家群。在全球化浪潮中，高行健爲中文的世界打開了一道全新的國際化窗子。

在巴黎郊區一座不起眼的房子內外，鎂光燈的閃耀成爲最新的風景。不同膚色的新聞「狗仔隊」要在這裡追獵最新的對象。他們要追問他的私生活、政治立場以及他生命中有幾個女人，但高行健只關心文藝和隱私權。他要尋回免於恐懼、也免於外力干擾的自由。

他畢生都在追求這種自由。在巴黎這一陣子，他的自由也許被輕輕打亂了，但他只要拿起了筆，只要他在寫中文，他就可以找回他的自由。「語言流」是高行健寫作的秘訣，他要進入那種狀態，才可以搜索內在飄忽不定的靈魂，讓筆尖瞄準那些跳躍不定的思緒，「定格」在全球中文讀者的心版上。

文化的光芒穿透政治

《亞洲週刊》在公元二〇〇〇年龍年歲暮之際，選出龍年出生的高行健爲二千年風雲人物，不僅因爲他是第一位華人榮獲諾貝爾文學獎，更因爲他獨特的文學靈感與理念，恍如一道強烈的文化光芒，穿透政治的疆界，掃描千萬讀者的心靈平台，凝聚成一股集體反思，改變了中國當代的文化版圖。

高行健在領取諾貝爾文學獎的演說中，以〈文學的理由〉爲題目，剖析作家必須超越政治、市場的囿限，在心靈絕對自由的狀態下寫作。他了解在殘酷的現實中，中國大陸的文學國度仍普遍爲「政治的理由」所統治。而他得獎的長篇小說《靈山》與《一個人的聖經》，更成爲北京當局的禁書。但由於網上可下載，盜版書商前仆後繼，中國「地下高行健」比境外的「名人高行健」更有影響力。「文學的理由」終於壓倒了「政治的理由」，因爲靈感的天空再也不是可以鎖得住的天空。讀者用網路與盜版的鑰匙，打開了被鎖住的心靈。他們不僅反思爲什麼高行健成爲中國的忌諱，更反思他書中超越政治與市場的洞見。

不打文學的「擦邊球」

高行健比當代其他中國作家更具有敢於透視現實、發掘當下問題的勇氣與能力。如果說高行健的文學技巧不是技壓群雄，那麼他的膽色與眞誠，卻是中國名列前茅的作家中最強烈的。這不僅反映於他在出國後所寫的長篇小說《靈山》與《一個人的聖經》，更反映於他在出國前所寫的劇作《絕對信號》及《車站》，敢於在八十年代政治乍暖還寒之際，反思中國人的生存狀態及戳破政治迷思。文學批評家就對高行健這一點予以高度肯定，認爲這把當前很多名作家都比下去。高行健不想打文學的「擦邊球」，他要勁射破網，要超越其他作家遲緩的身影，補上了文化上的「臨門一腳」。

不為當權派反對派服務

高行健也面對海外民運的一些激烈批評，認爲他的使命感不夠強，沒有把筆當成武器，用文字來揭竿起義，去顛覆當權派。但高行健反對這種提法，認爲只是「文以載道」的老調子，他不要文學被工具化，不要爲任何意識形態或黨派服務。「文學的理由」不僅是要與當權派「政治的理由」劃清界線，也與反對派「政治的理由」迥然不同。他的「沒有主義」不是「逃避主義」，而是要超越政治之爭與黨派之別，維持個人獨立思考的珍貴空間。

高行健了解，屁股和肚皮往往決定了中國的腦袋，但難道這是中國文化界的宿命？今天商品經濟日益發達，「政治的理由」再也不能壟斷所有的權力，也不能再禁制所有的聲音。越來越多中國作家和文化工作者都站出來爲高行健說話，從劉心武、莫言、余世存、笑蜀到余杰，都對他加以肯定。即使在文學上與他看法完全不同的作家，也都爲他的勇氣喝采。在二〇〇〇年的冬天，高行健的震盪只是一個開始，越來越多作家會反思中國政治與文學的關係。「文學的理由」是一顆心靈的種籽，飄散在互聯網中；它不僅在虛擬的世界中發芽，也將在眞實的世界中開花結果。

在文學與政治拔河中獲勝

發掘眞實是高行健的使命，而歷史的眞實也必須站在他的一邊。因爲政治是一時的，文學才是永恆的。高行健的作品，總會在神州大地解禁，當前中國作家協會對高行健的評價最終總會被翻案，因爲翻案得人心。在文學與政治的拔河賽中，時間總是站在作家的這一邊。

文學的理由壓倒經濟的理由

文學要超越政治，但也要避免經濟的陷阱。這是諾貝爾文學獎得主高行健的憂慮。他一生都在逃離政治，但也警惕不要被市場的力量所左右。當凱撒的手伸進繆思的領域之際，往往會引來噓聲，但當「文學的理由」向「經濟的理由」低頭的時候，不少知識分子卻視爲理所當然，視爲不可抗拒的市場規律。

這是文學的另一種悲哀。高行健用畫筆來化解這種悲哀，他「以畫養文」，也甘於寂寞，不去追逐名利。但在商品經濟中，在香港這個高度商業化的社會中，不少文學淪爲商業的奴隸，一些「才子」甘願爲邪門歪道的「財主」驅使。他們在色情與煽情的媒體中，展示文化點綴的「風範」，甚至擔任「語言暴力」的先鋒。爲了優渥的待遇，他們放棄了自己珍貴的心靈自由。正如高行健所說：「你如果拿自由去換取別的什麼，自由這鳥飛了，這就是自由的代價。」

強調寫作必須追求眞實的高行健，也在這次獲獎過程中，目睹香港一些媒體弄虛作假的怪現象。一家銷路很大的週刊在高行健獲獎後刊登專訪，但其實是一段一段抄襲高行健在《沒有主義》一書的段落，再冠上不同的問題，看上去是一篇完整和有深度的專訪，欺瞞讀者，但內行人一看，就看出狐狸的尾巴。

狐狸心態仍在統治文字的國度。「爲求目的不擇手段」成爲常態，這兒的權勢之網不再由黨和秘密警察來撒出，而是由「金主」與「笑貧不笑娼」的社會心理所編織。這是另一種無所逃於天地的羅網，因爲拜物教是唯一的宗教，他們的「一個人的聖經」就是損人利己的秘笈。當文學史爲高行健對抗政治的勇氣而喝采時，也不應忘記不少知識分子在「經濟的理由」前屈服的悲哀。高行健說，「作家的審美判斷若追隨市場行情，則無異於文學自殺」。

「文學的理由」要成立，就一定要壓倒「經濟的理由」。

性是政治的永恆救贖

——讀高行健長篇小說《一個人的聖經》

高行健這部長篇寫性與政治壓迫的交錯，性成爲獨特儀式，一種對政治驚慄的救贖。

高行健的《靈山》最近成爲國際焦點，這是他獲諾貝爾獎的關鍵之作。但其實他一九九九年出版的《一個人的聖經》，風格更具現實主義魅力，更有都市及國際化風情，故事性較強，因而讀者更容易走進作者的心靈深處。

《一個人的聖經》也許可以戲謔地視爲「一個人的性經」，但絕不賣弄色情。評論家劉再復說，高行健的性愛描寫「大膽、冷靜、準確」。主人公和七個女人的性愛關係，有刻骨銘心的，也有蜻蜓點水的，但性愛雙方總在現實與幻想間擺脫不了政治，特別是政治的驚慄。政治意外地成爲性的觸媒，只有面對政治壓力時才有難以忘懷的性。作者以第二人稱「你」來與「他」對話，反映「今日」與「昨日」的激盪，也隱藏了「我」的地位。小說成了現實與歷史無窮無盡的互動，「他的經歷沉積在你記憶的折縫裡，如何一層一層剝開，分開層次加以掃描」。

在作者記憶的折縫中，是性與政治壓迫的交錯。性成爲對政治的救贖。這是獨特的儀式，一種在驚嚇中、被權力強姦中的最佳救贖。

小說一開卷，鏡頭很快就轉到一九九七前夕的香港，主人公與一個德國籍猶太裔女子的愛戀，但肉體雖結合，心靈卻各有所屬：猶太女子要追索民族的苦痛及恐怖的根源，但他要逃出中國政治的網羅，要逃出文革及中國政治中揮之不去的窒息感。「她需要搜尋歷史的記憶，你需要遺忘」；「她需要把猶太人的苦難和日耳曼民族的恥辱都背到自己身上，你需要在她身上去感覺你在此時此刻還活著」。

小說其實是自傳式的，情節大都是作者眞實的歷史。像他把稿子埋在地下，但在文革中，還是下決心把稿子燒掉；還有他母親反右期間因勞動過累而死；而最震撼的則是他妻子指責他的政治立場，要向上級告發，最終離他而去。高行健的眞實個人歷史，以如幻如眞的筆法滲進小說的敘述中，在強大的戲劇張力中，也彰顯生命的豐沛張力。

這是一本逃亡的書，取名《一個人的聖經》，是因爲「你是自己的上帝和使徒。你不捨己爲人，也就別求別人捨己爲你」。

在性愛中，他發現「天堂在女人的洞穴裡」，但他對性並不膜拜，因爲「孤獨才是他的神」，他永遠追尋自由，追尋免於恐懼的自由，也逃避市場及時髦的圍堵。《一個人的聖經》是一首交響樂，奏出了政治與性、現實與回憶、生命與死亡，以及中西互動的對比。這四大主題是一種四重奏，環環相扣，也絲絲入扣，緊扣全球中文讀者的心弦。

小說的場景不僅是北京和中國大陸，也涵蓋香港地鐵、南丫島、紐約、巴黎。這是世紀之交的重量級中文小說，總結了文革這場二十世紀的重大悲劇；而在文學的昇華中，文革的悲劇意義提升至全新的層次。這是中文小說的勝利，也是諾貝爾家族的最新榮譽。

薩依德的啟示

美國著名的文化批評學家薩依德（Edward Said）二〇〇三年在紐約逝世，享年六十七歲。他患了白血病，得了不治之症，但他與病魔奮戰多年，終撒手而去，不過他留下的文化遺產，顛覆了幾個世紀的西方殖民理論，也使亞洲人及第三世界的老百姓，重新思考自身的處境及現代化之路。

我喜歡讀薩依德的作品。這位文學批評大師，是英語世界重量級的學者。他的《東方主義》一書，顛覆了西方文化主流的論述，提出第三世界的觀點，發人深省。但在艱澀的文學論爭中，我其實更喜歡他的自傳《鄉關何處》（*Out of Place*）。

這部自傳的特色，在於寫出「邊緣人」的曖昧與尷尬，他出生於耶路撒冷，在英國及黎巴嫩長大，接受典型的英國殖民教育。但由於他的父親在第一次世界大戰曾爲美軍效力，所以他也取得美國護照。他在五十年代赴美，在普林斯頓大學畢業，哈佛大學碩士與博士。他家裡信仰基督教，但他卻在伊斯蘭世界中，發現他們複雜與眞摯的感情。

薩依德的邊緣感覺，其實與香港不少受英國殖民教育的精英很相似，所以他們閱讀薩依德，都會有千里外覓得知音的共鳴。他們都是在英美的文化氛圍中浸淫已久，也曾一度對這些「上國衣冠」有不勝孺慕之情，但在現實中，又發現這些「上國」的遊戲規則充滿僞善的雙重標準，最後只好另闢蹊徑，走自己的路，尋找自己的現代化軌跡。

薩依德就是他們的文化代言人；他的英文寫作勝過英國一般的作家，被視爲具備大師級的氣派與風範，但在內涵上，薩依德痛批英美主流的典範，指出他們對第三世界的偏見與無知；在中東問題上對以色列的一面倒政策，也種下了「九一一」恐怖主義的禍根。薩依德的著作像一杯濃烈的黑咖啡，讓醉倒在殖民主義烈酒的一些香港知識分子可以清醒過來。

薩依德之死，在華人社會引起一陣又一陣的反思迴響。他的著作在兩岸都有不少譯本，但眞正的「薩迷」會用心讀他的英文原著，因爲他的英文實在寫得漂亮。哈佛大學教授李歐梵說，薩依德的英文寫作造詣，在美國理論界鶴立雞羣。一位不是美國本土出生的作家，卻可以寫出比美國精英更好的英文，讓老美艷羨不已。

巧合地，薩依德最喜歡的英國作家康拉德（J. Conrad），也不是在英國出生，母語也不是英文，但後來卻憑英文寫作讓英國人佩服。生於波蘭的康拉德開啓了英國小說的新一頁，他的《黑暗的心》影響深遠，即使到了八十年代，柯波拉的越戰電影《現代啓示錄》也是從這部小說吸取靈感。

其實近年國際文化界已在反思，將英美文學與英語文學分開。不少並非在英美土生土長，甚至與英美文化毫無關聯的作家，都可以憑英語寫作寫出自己一片天，在世界文壇上佔一席之地。著名的印度作家魯西迪（Salman Rushdie）即爲顯例，他的《魔鬼詩篇》使他成爲回教基本教義派追殺的對象，但也使他成爲英語文壇追捧的偶像。他的名聲，竟是在生死邊緣徘徊，本身就是充滿戲劇張力的人生傳奇。

但香港在英國殖民統治一百五十多年，卻從未出現一位世界級的英語作家。殖民教育只培植了大量「小英國人」，在英語的公文和辦公室政治中消磨心志，成爲薩依德《東方主義》所嘲諷的對象。

薩依德的書近年在台海兩岸都熱賣，但香港的輿論卻對他很不熟悉。他逝世那天，兩岸的媒體都登了他的死訊，唯獨香港的報章「獨漏」，反映香港新聞圈的「欠學」，令人嗟歎。

但更讓人反思的，是香港一些「才子」或「名嘴」的言論，恰好是薩依德要批評的對象。近年，香港一些流行的論調，瀰漫一種「殖民的鄉愁」，認爲過去港英統治時期的一切，都是最好的，都是「上國衣冠」，但在回歸之後，則一切不如前，失去了過去「美好的老辰光」。但如果細讀薩依德的經典名著《東方主義》，就會發現殖民主義在美麗包裝下的僞善與諷刺。他的理論恰好是對香港的「才子們」打了一記耳光，不能再迷信殖民統治，而必須自立自強，要先在歷史及文化意識上站起來，不能因爲現實的不理想，而把殖民主義理想化了。

薩依德的自傳《鄉關何處》，敘述他成長的故事，如何從被訓練爲「小英國人」與「小美國人」的氛圍中覺悟，對照今日香港文化界，令人嘆息。

輯六▼ 讀家報導

閱讀的人生與人生的閱讀

人類對知識總有一種「興奮感」。閱讀不是爲了考試、拿學位、滿足家長、上司的要求。不是爲他人而讀，是爲自己在讀。在人類歷史上，閱讀是重要行爲，代表個人以特殊行爲來改變自己的文化素質。

許多名人都愛閱讀，如全球首富微軟公司（Microsoft）的老闆比爾．蓋茨很喜歡看書，除了看互聯網、電子郵件外，也專注閱讀。幾年前，我訪問李嘉誠時，曾問他空閒時間做些什麼？他說自己不喜歡唱卡拉OK、不喜歡看電視、電影，卻喜歡閱讀，除了雜誌、報紙外，也看很多書。每晚臨睡前一定會看書。

世界上不少的成功人物，都把閱讀當作他們生活中的重要部分，通過這種生活的特殊形態來改變自己的素質。大家常想如何改善自己的生活，有人會吃多些維他命，也有人吃人參之類的補品。但閱讀才是最有營養、最能改變自己命運的方式。知識可以改變命運，閱讀就是改變命運的魔術棒。它是一種個人行爲，沒有時間、地點的限制，更可以利用夾縫時間來閱讀。日本的火車上，人們都拿著袖珍版的書在看。我們要在生活中爭取時間閱讀，在巴士、火車、輪渡上、工餘，甚至在廁所裡、睡覺前都能閱讀。閱讀是一場永不停止的流動盛宴，會不斷地帶給你各種驚喜。

閱讀的書單，也許像菜單，有很多選擇。歷史學家黃仁宇的《黃河青山》，是我最近不斷在閱讀的書。這本回憶錄談了中國近代史的重大問題，提出爲什麼幾百年來工業革命、現代化都出現在西方，而不是在曾經有過驕傲歷史的中國，因爲從明朝開始，中國已失去了以數目字管理的能力。這本書在文化界引起了廣泛的討論。台灣作家幾米的近作《向左走，向右走》也許是甜品，書中講了城市男女的失落。幾米以他精緻的筆觸和詩意的畫風照亮了人們的心靈。有的主菜可能會燒很久，如《紅樓夢》，人們在念中學時讀，在壯年時讀，而到老年時重溫。每次感覺都會不同，開始看時，只關心賈寶玉、林黛玉的愛情故事：看黛玉、寶釵與寶玉的三角關係，而往往同情林黛玉的悲慘命運。中年再讀則不會注重這些情節，而是看到人情練達，不同角色的待人處事，如何解決人際間的矛盾，正所謂「人情練達皆文章」，到暮年看《紅樓夢》，心境又不同，會以大歷史的角度去考慮，看到一個家族的興盛與衰敗的過程反映出中國社會的變化。賈家是中國社會變遷的縮影。不同年齡看《紅樓夢》有不同的體會，正如同小時候吃花生糖與成年後再吃味道不同一樣。看書在不同年代、不同季節、不同時光會有不同的感受。由此帶出書的神秘之處，它既有很強的知識性，又有某些娛樂性。看書可使生活更有味道，引發我們從深層去思考。

我當年很喜歡看武俠小說，它情節曲折，有許多想像空間，甚至爲很多人帶來逃避現實的功能。從金庸的《神鵰俠侶》中看到楊過與小龍女的命運如此悽慘，最後又那麼悲壯。讀者在閱讀時將自己的感情投射在角色中，代入角色；讀到他們經歷了生與死的考驗，對照自己在現實生活中的煩惱、困難，便不再覺得是什麼了不起的事了，與小說人物相比又有什麼事不能解決呢？有時爲了娛樂性，爲了消遣、爲了打發時間而去閱讀，讀書後往往出現了感情的昇華，對人生有了新的啓示，這就是閱讀帶來的意外收穫與驚喜。

閱讀還是難以預測的心靈歷程。我們翻閱第一頁時，不會知道最後感情的終點在哪裡？最初是爲了消遣，消遣過程中可能會帶來許多意想不到的收穫。就如一個人揹著背囊，走上一個陌生的國度，一個不知名的驛站。在這個過程中，本來只想發現新的風景。結果，不但發現了意外的景色，而且發現了新的自我，這就是閱讀的神秘過程。

閱讀也是平等主義的，不論百萬富翁或是寒門子弟，都一視同仁。澳門中央圖書館就有一個很好的環境、有三十萬冊藏書供大家閱讀、享受文化盛宴。在你的一生中，一天看一本，多少年才能看完這三十萬本書？而且書是不斷推陳出新的。所以說公立圖書館扮演著一個很重要的角色，就是能夠改變人的命運。歷史上許多重要人物當年都在圖書館看書，最典型的例子是曾經影響全球大半個世紀的思想家馬克思，他當年經常在倫敦大英博物館的圖書館看書寫作。圖書館成了改變全球許多人命運的搖籃，孕育了很多重要的思想。

現在公共圖書館都免費，加上資訊電子化，讀者可以上網查書目，透過互聯網的搜索引擎找到許多資料。以往查作者背景、故事大綱要花很多時間，現在透過互聯網的搜索引擎查曹雪芹、李敖，金庸等作者，一下子便可知道他們所有的背景，對讀書的人有很大幫助。

許多人都說喜歡讀書，但在書海裡卻顯得神情迷惘，這是讀書的方法有問題，古語說「盡信書不如無書」，我們要以敏銳的思維指導閱讀，避免被動，不要被一本書所左右。看完後，思考一下，它的結論是否能放諸四海而皆準？在香港對的事，在澳門是否也對？在美國適用的道理，在中國是否適用呢？台灣著名作家李敖曾講過：讀書要經常保持很強的「問題意識」，爲什麼書中這樣講？來源在哪裡？推理的過程怎樣？結論對不對？看一本書有時也會牽涉到其他書，書中有書，書書相扣。一本書背後有許多其他書的故事，註解、引用的文字，弦外之音都可能來自其他的書。如能順藤摸瓜，抽絲剝繭，一層一層找到它的源頭，那麼你操控、追溯知識的能力便會越來越強。

我們還可以用比較的方式來閱讀，年輕朋友都喜歡看愛情小說，試將兩本書一起讀，先看瓊瑤小說的一章，再看亦舒小說的一章，比較兩本小說是怎樣表達「我愛你」的。我們會看到兩者的形式、風格、含意完全不同，到底是瓊瑤的作品表達得好些，更令人感動呢？還是亦舒？同樣地，看武俠小說，比較金庸與梁羽生的作品風格有什麼不同，區別在哪裡？梁的小說中有許多詩詞，更有中國傳統文人的味道；金庸用了西方戲劇的寫作手法，常以「連環套」，「戲中戲」，「隔牆有耳」等方式來表達故事情節，刻畫人物。梁羽生受中國章回小說的影響較深，詩詞寫得比金庸更好。

古龍與金庸、梁羽生大異其趣，寫作的背景只是古代，但朝代卻模糊，是「非歷史」的呈現方式。他的寫作方法很重視心理描寫，作品有點像心理小說，如對楚留香內心世界的刻畫，《流星．蝴蝶．劍》的劇情推展用的方式，就像是電影的分鏡頭劇本，具有強烈的現代感。如果我們在看書時，不斷地作比較，便會有所啓示，有更多深刻的體會。

不同性格的讀者對作家會有不同的喜好，這就像人們對食物的愛好一像，有人喜歡吃甜的，有些喜歡吃辣的，只有嚐遍天下美食才能具備品味的能力；而閱讀就如同提供很多美食，不僅百萬富翁能享用，只要你有心就行。歷史上很多善於閱讀的人，能夠抓緊時間去讀書，如美國的開國元勛富蘭克林本是印刷廠的學徒，每天下班，躲在一角偷看剛印刷好的書，他的知識、學問，就是這樣慢慢積累起來的。不僅「偷」了時間，也「偷」了知識，最後贏得在歷史上的地位，影響了美國歷史的進程。又如李嘉誠這麼忙，每天仍會「偷」一定時間去看書，去思考。只有把閱讀變成一種生活方式，才能改變我們的命運。

但閱讀也要「盡信書不如無書」，要點是不斷的思考，閱讀時不要被動地接受，要經常發問，建立一種很強的人和書之間的互動關係，中國古語說：「學而不思則罔，思而不學則殆」。思考和學習要結合在一起，要主動地去思考。看書的能力是一種積累的過程，書看得越多，就好像吃遍天下美食，一嚐就會知道它的水平如何；書看得多的人，只要隨意翻閱，便知道它的重點和特色在哪裡。閱讀的趣味，除了是一個孤獨的探索過程外，以我的經驗來看，可以和很多人分享，想像和自己的朋友分享閱讀金庸小說的共同經驗，男孩子對黃蓉的看法如何？喜歡像黃蓉的女孩，還是像小龍女的女孩子做妻子呢？女孩子想嫁給像郭靖的青年，還是像楊過、歐陽峰呢？朋友間可以建立一個共同的文化的空間、記憶的空間、人文的空間，互相討論。就一個社會及國家的範圍來說，如果大家有一個共同文化座標，談到黃蓉、郭靖，就會產生會心的微笑，因爲有共同的文化記憶。又如說到《三國演義》中的孔明或空城計，大家立即有一個文化上的共同理解。但是如果對一個中文學了很久、而沒讀過《三國演義》的西方人來說，和他談「空城計」或「事後孔明」，他雖然知道這幾個字怎麼寫，但不知道整個詞語的深層意義，因爲他不能分享這文化的空間。

閱讀建築起的人文空間，使大家有共同的文化記憶，在這基礎上作彼此的交流、共同的探索。閱讀既是個人行爲，也屬於群體，大家彼此溝通、傾談，便豐富了我們的人生。從馬克思到富蘭克林，很多重要的作家，都把閱讀作爲生命中的重要部分。美國著名的小說家海明威，二十年代在法國生活的時候喜歡去咖啡館看書、寫作，著名的作品《太陽照常升起》和一些其他著作便是在巴黎的咖啡館完成的。另外，美國哈佛大學著名的教授李歐梵兩年前在香港時，經常去銅鑼灣一家法國的咖啡館看書寫作，而他的著作《東方獵手》也是在咖啡館完成的，講述一個販賣軍火的間諜，無意中在電腦上發現一首古代波斯詩人的詩，解碼之餘，自身也捲進一場無休止的鬥爭漩渦裡，潛水艇、飛機……某些情節和一九九九年海南島的中美撞機事件很相似，李歐梵教授從學術研究到寫間諜小說，和海明威一樣，在煙霧瀰漫、人聲嘈雜的咖啡館裡讀書，寫出動人的小說。

我建議大家，無論是上學或上班時都提一個袋，裡面放一本書，等車或排隊的時間，可以用來看書，我們要將自己變成一塊海綿，像海綿吸水一樣吸收世界上許多新的事物、新的知識，使自己的生活更加充實。

但要注意的是如何吸收知識、接收資訊。光有知識是不足夠的，如一個大學教授在他的專業範圍裡，廣博地讀書，但未必有生活的智慧。

閱讀的最高境界是在最後能夠提煉出實際生活的智慧，這是我今天要說的題目「閱讀的人生與人生的閱讀」的要義。閱讀的人生，到最後驗收成果的階段，看你是否能將閱讀的知識應用在人生裡，即是知識怎樣和你的人生對話，最後化成許多生活的智慧。

有些「書蟲」，雖積累了很多知識，但不能夠應用在生活中，讓生活更有意義、有趣味，更快樂。這種閱讀便沒有太大意義了。我希望所有的人把閱讀當作生命的閱讀，將知識、資訊在人生歷程中不斷地測試，作出驗證。如最近的暢銷書《富爸爸，窮爸爸》，講的是發財之道，我相信很多朋友看過，我們能否應用它的發財指南？或者它只是提供一種生活上的哲學、另類的思考呢？作品教我們擺脫既定模式去思考，而不是給我們百分之百的發財保證。最近我看了《誰搬走了我的乳酪？》這本書，內容是談人生哲學及做事方法的思考，我們應該運用它的哲理在生活中學會應變，在迷宮中找尋出路。看書的時候，我們必須結合書中的內容思考自己的人生，對書中所提到的不要被動的接受，應主動地作深層的思考，思考過程中可能會由一本書牽連到另外一本書，便可觸類旁通。

知識是無窮無盡的，閱讀也是無止境的追尋過程，這個過程，有時是很曲折的，有沉悶的時候，也有快樂的時候。閱讀好像是坐雲霄飛車，有起有伏，有高有低；有時看到好書和自己的生活有一定聯繫時，會產生一種興奮的感覺，閱讀的人生到最後就會和人生的閱讀結合在一起。這是用我們的生命來閱讀，用我們的生命來測試讀到的知識；繼而化成生命的智慧，而不是被動的「打書釘」，做一個書蟲、書獃子，那麼我們的人生就會更豐盛。

我在香港長大，感到澳門這個城市特別親切，有「小城故事」的感覺。澳門地方雖小，但在未來歷史的發展過程中，可以發揮很大的力量，這種動力來源在於知識，在於智慧。知識和智慧則由閱讀開始，如不去閱讀，不吸收其他人的經驗和知識，將它們變成自己的智慧，那我們的人生便不會有光輝燦爛的一面。一個社會、一個城市的閱讀人口越來越多的時候，這個城市就越來越有希望。世界上很多有動力的城市，它的閱讀人口是很多的，就像東京，人們排隊的時候、坐車的時候，都在看書。又如紐約的公立圖書館，也有很多人在閱讀。中國的大城市如深圳、上海、北京等的「書城」都擠滿了人，代表大家對知識的渴求，那種熱切的慾望，爲什麼要看那麼多書？因爲他們都知道書中有很多知識，能夠刺激自己找尋新的智慧，繼而可以改變自己命運。若干年後，大家重新回首二〇〇二年的澳門時會發覺，可能今天在澳門的公立圖書館裡借書、看書的人，將來會成爲改變澳門命運、中國命運甚至世界命運的人。因爲一切改變命運的力量，都來自知識和智慧，我們要擁有一個豐盛的閱讀的人生，然後開始對人生進行新的閱讀。

每一個人的人生，其實是一本自己撰寫的書，是用生命來寫的書，也是用生命來閱讀的書，這也是一個充滿驚喜的「閱讀的人生與人生的閱讀」。

——二〇〇二年四月廿一日澳門中央圖書館演講紀錄

閱讀的神秘主義

閱讀是一種很個人的經驗。看同一本書，不同的人會有迥然不同的感受。這往往是由於各人的生命經驗不一樣，用不同價值觀的眼鏡看同一篇文章，就會出現不同的心靈圖畫；並且文字的表現越精釆，意象也就越繁複，各人的解讀層次不同，意義輕重不一樣，最後出現言人人殊的現象。

這是閱讀的神秘主義。對作家來說，這是幸運也是不幸。幸運的是文章出版後，會掀起多元化的解讀，有爭議就會有市場，洛陽紙貴，豈不快哉。但不幸的是作家的本意慘遭扭曲，並且最後連他原來的眞實意圖都逐漸湮沒，反而是一些所謂權威評論家的解釋抬頭，成爲歷史的主流。

但這也是無可奈何。文章千古事，得失寸心知。一篇文章發表後，它就已經不再屬於作家自己，而是讀者可以褒貶的公共資產。有些作者不甘被誤讀，挺而辯解，但在這種情況下，越辯越糊塗，因爲其間並沒有黑白二分的眞理，而只有色彩詭異的神秘主義。

聰明的作者不喜歡爲自己的作品辯護；讓各種評論充斥，無論多麼光怪陸離，多麼違逆作者的原意，但只要有人評論，就證明作品有它自己的生命。這就像父母與子女的關係，子女不是父母專屬的財產，他們自己也要走進社會，與不同的人相處，並且要準備面對種種的風風雨雨。

多年以來，評論金庸小說的文章、書籍，不知有多少，對於書中主題、人物性格，作者的政治比喻，分析得巨細無遺，滿坑滿谷。但金庸很少回應，不會捲進「金學」的漩渦。正如曹雪芹只擁有《紅樓夢》，卻與「紅學」無干。金庸只是寫了精采的武俠小說，但小說的微言大義，卻會讓各方豪傑在評論的戰場中廝殺得死去活來。

文化理論的新戰場

——評介《否想香港》

香港和台北是兩個心理上若即若離的城市，地理上只是一個鐘頭的飛機旅程，心理上卻是既熟悉又陌生，但彼此又不是毫無瓜葛，反而是有點可以互相找出參考架構，擁有一種千里情緣一線牽的感覺。九七前香港流行總結文化的積累，在一項調查中訪問港人在戰後以來最熟悉哪三首歌，結果卻令人驚奇。除了兩首廣東歌曲〈一水隔天涯〉及〈帝女花〉外，另外一首赫然是台灣歌星姚蘇蓉所唱的〈今天不回家〉。這首六十年代在白景瑞導演的同名電影中流行一時的曲子，沒想到在多少歷史煙雲之後，仍然深刻地烙印在港人集體的心靈上。這是台灣人沒想到，也是很多香港人所沒想到的。

這些有趣的回憶，都是本書所舉的驚奇例子之一。總結和詮釋港人在九七前後的文化記憶，也正是這本書的強烈企圖。三位作者王宏志、李小良、陳清僑都是在香港大學畢業，專攻文學，留學英國或美國，以西方的方法論來剖析香港的種種文化積累與傳承，頗多發人深省之處，追溯港人當前價值觀的源頭，從各種文學、電影及流行文化中尋找一些被遺忘的微言大義。也許大部分文章都是先以英文寫作的學術論文，中間夾雜太多的註釋，不是一般讀者所願細啃，肯定不會成爲講求速度與效率的港人的心愛讀物。但它卻分析港人的最愛——金庸、徐克、許鞍華、李碧華、張小嫻等，在他們的歷史與文化想像中，找出香港的文化現實。究竟港人如何爲自己的文化及政治定位？九七除了是一條政治的有形界線，是否也是集體心理上的無形界線？

書名《否想香港》，看來奇特，「否想」二字譯自英文Un-imagined，似是要將香港文化想像加以解構，抽絲剝繭，把不少港人習以爲常的文化符號加以拆卸，重塑。這是一次重新發現香港文化景觀的心理旅程。一百五十多年的殖民統治，成就的不僅是經濟上的成就（一九九七年香港人平均所得已超過英國），而是文化上意外的收穫。在中國大陸與台灣以外，香港建立了一種新的文化原型，這是匯聚中國傳統與現代的、西洋的，也摻雜一些台灣的。在中國傳統的範籌中，要劃分爲大陸易手前後的兩種不同的影響。書中談到的孫中山、康有爲、張愛玲、魯迅等人物當然都是整個中國文化的傳統，但在四九年中共主政以後的新傳統，也以種種不同的途徑來影響香港文化。就以香港文學史來說，中國大陸研究的史觀，就有太多的泛政治化之嫌。但另一方面，近十餘年來，自大陸前往香港定居的作家，無疑也爲香港文壇帶來新的營養。香港像一個不知足的嘴巴，痛快地喝下台海兩岸不少的佳釀，但也吞下一些會拉肚子、會讓人臉色慘變的零食。

當然，香港也吃了不少西洋美味，並且把它演繹成爲「超越中西文化前進」的新奇事物，如香港茶餐廳的「鴛鴦」，就是將奶茶與咖啡混合的精品，讓夷人感到「匪夷所思」，但港人卻是甘之如飴。這也許就是香港文化人陳冠中所強調的「半唐番」理論。香港以「半唐番」開創了文化論述的一個嶄新典型。如果用台灣經驗來理解，也可找出不少日本的典章文物與流行文化在台灣的變奏。這也許可稱爲「半台和」的典範。不少日本人往往在中山北路幾條通的日本料理店中，吃到東京也吃不到的美味。

台灣一位擅長寫旅遊文學的作家舒國治，曾在一篇刻劃香港風情的文章中，細緻地寫出一個台灣眼睛下的香港，妙趣橫生，對香港頗爲推崇，但其中的感受卻是很多港人平常所未能感受的。同看一座山，會有不同的形狀。同看一座城市，也會有不同的形態；而以種種新鮮及外來的眼光來看，更可能會有意外的心得。

更深一層看，香港其實是九七前後各種文化理論在爭奪詮釋權力的戰場。不同的價值觀與方法論，都可以在這城市的歷史與文化的天空中縱橫自如，找到自己心目中的理論歸宿。香港是一本深奧的書；回歸後抵港的北京官員姜恩柱有這樣的認知。但其實在文化的論爭中，香港提供了一個實驗場所，讓多元的論述都有自己的一片天。九七的香港不是文化理論之爭的終點，而是一個新的起點。

知識的權力

老同學鄭樹森出了一本新書《縱目傳聲》，寫中西文壇書裡書外的傳奇，跌宕起伏，引人入勝。他自己就是人文世界的傳奇人物，不僅教授比較文學多年，並且是各項徵文比賽、文化活動的評審及幕後推手。他讀書極多，涉獵很廣，被視爲「會走路的百科全書」，一些朋友像李歐梵等都對他佩服不已。

但我最佩服他的是他高強的行政能力，沒有一般知識分子空談無根之弊。他辦事非常幹練，心細如髮，因而不僅是學問家，也是能夠將知識與行動結合起來的公共知識分子。然而公共知識分子的提法，卻是今日中國大陸的忌諱。二〇〇四年廣州的《南方人物週刊》出了一期「公共知識分子」的封面專題，列出五十位華人社會的公共知識分子，其中台灣的殷海光、李敖及龍應台皆名列其中，但這一期刊物後來受到中央宣傳當局的警告，認爲「提法不妥當」，中國大陸媒體的朋友透露，現在不能再用「公共知識分子」這個詞。

但時代的巨輪，總會輾碎這些官僚所訂的禁忌。文化學者薩依德（Edward Said）早就強調，知識分子必須在權力面前講眞話，不能被權力閹割知識。公共知識分子的力量，在於將知識化爲行動，形成公民社會的一股力量，制衡政治及經濟權力的濫用。知識的權力，就是防止政治權力腐化的重要能量。

文學的武器，諜影的詩情

——李歐梵的間諜小說

美國哈佛大學文學教授李歐梵出版的長篇間諜小說《東方獵手》（台灣麥田出版）原是他為了娛樂自己也娛樂朋友的「習作」，沒想到書中的「文學想像」竟與現實出奇地接近。二零零一年，海南島水域的諜影幢幢、兩岸潛艦的爭奪戰，以及國際售武的詭譎和爾虞我詐，都和現實政治若合符節。第一次寫間諜小說的李歐梵說，這也許證明文學的想像與現實政治的界線越來越小，而現實的發展又往往比虛構更戲劇化。

李歐梵六十年代畢業於台灣大學外文系，與白先勇、陳若曦等同班，多年來鑽研文化理論、從事文學研究。他早年專攻魯迅，後兼及張愛玲，也是著名的愛樂者，讓古典音樂的旋律與文學靈感的節奏共鳴。但誰也沒想到，這位文學教授會走進間諜小說的詭秘世界。

李歐梵說，寫這本小說緣起於一九九九年暑假，那時候他在新加坡訪問，剛寫完另一本「習作」——《范柳原懺情錄》，爲張愛玲的《傾城之戀》續貂；本來只爲了「好玩」，沒想到各方反應不俗。他乘勝追擊，覺得自己可以開拓更寬廣的想像空間，在神秘莫測的間諜小說天地一顯身手。

爲甚麼他有這個膽色，用筆來創造一個自己從未涉足的世界？李歐梵覺得他看了太多西方的諜情小說，也看了不少東方的武俠小說，決心嘗試衝向一個全新領域，因爲他發現自己擁有別人所沒有的厲害武器。

他的厲害武器是詩。他熟讀東西方的詩，他要把這些迷人的文字變成軍火買賣的電腦密碼，讓詩化的懸疑帶來詩化的戲劇張力，既是文學的、也是間諜的，奇異地讓迥然不同的元素結合在一起，構成一張想像的網，撒向讀者的心靈，也網住現實世界的種種可能。

李歐梵嘗言自己治學是「狐狸」，不是「刺蝟」。這是引用英國猶太裔思想家以撒·柏林（Isaiah Berlin）的分類法，即思想家可以分爲「狐狸」與「刺蝟」兩種。「狐狸」是吸收各家之長的雜家，靈詭而不獨尊於一家；而「刺蝟」型的思想家則善於建立一個巨大的體系，自成一家之言，但也難與其他學說兼容。李歐梵從學院的殿堂走向小說家的行列，正是狐狸的詭奇之道，讓諜影的神秘，來展現文學繆思的終極關懷。

李歐梵透露，這本書寫了一年，凡十八萬字，寫作過程完全「沒有痛苦」。這是舉重若輕之作；他記得寫作處於高潮之際，他正在香港訪問，每天下午在銅鑼灣利園酒店附近的一家法國連鎖咖啡店Délifrance，一邊嗅著法國咖啡的香味，一邊用他的文學之鼻，去嗅聞諜世界的神秘味道。這彷彿二十世紀初葉美國作家海明威在巴黎丁香園咖啡館La Closerie des Lilas寫《太陽照常升起》（*The Sun Also Rises*）一樣，在異鄉的氛圍中，反而激發源源不絕的創作靈感。生活的異鄉，竟是文學的原鄉，開拓了繆思的全新版圖。

原籍河南、在台灣成長的李歐梵特別鍾情於香港，他的新婚妻子李玉瑩就是香港人。長期以來，他就愛研究香港的城市文化，發掘被忽略的香港風情。香港也當然是這本《東方獵手》的主要場景，第一人稱的男主角方庇德就是香港大學畢業生，念文學，英文比中文好，頗有取香港新一代典型鑄成一個「意外英雄」的旨趣。他意外地和軍火的買賣交纏，在現實及電腦世界馳騁，也意外地與美、俄、台海兩岸及新加坡的諜網交鋒，但憑著獨特的「武功」與智慧，跌跌撞撞揭開了歷史與現實的秘密。

歷史的秘密是追溯父親之死及他遺下的詩集。這些舊體詩情意纏綿，跌宕起伏，對受英文教育的兒子來說是個謎團，但爲了追蹤這些繫著自己血緣的感情，他一步步走進古典的領域，似懂非懂地觸摸父輩感情的摺縫之處。「夢迴龍戰玄黃地，坐曉雞鳴風雨天」、「風濤終夜喧豗甚，鎮把心光照月明」。這些詩化的訊息，不僅是他打開諜影的密碼，也是他打開自己生命秘密的鑰匙。

李歐梵說自己不懂舊體詩，這些蕩氣迴腸的詩原來是汪精衛少爲人知的作品。這位近代史中極具爭議的政治人物，卻毫無爭議地具有少見的文學才華。李歐梵說「他的文采絕對超過蔣介石，甚至不亞於毛澤東」。李歐梵不避政治砲火，發掘汪精衛遺作，更使整篇小說具有一種歷史的迷離感覺，讓那些感情澎湃的詩句，展示一個時代的變幻；讓那些湮沒在歷史風雨中的靈感，在想像的諜影中顯露新的生命。

有人說間諜小說和武俠小說一樣，都是一種「逃避主義」：在虛構的緊張刺激中，逃離現實的煩囂；但李歐梵說，恰恰相反，他這部間諜小說竟是意外地貼近現實，在虛構的情節中，他「順」想像的「藤」，「摸」現實的「瓜」，「巧奪」政治與歷史的「天工」，竟被自己筆下主角的言行嚇倒了。

熟讀文化理論的李歐梵，不忘在情節中賣弄他的理論武器。他在其中一段描寫男主角去參加全球化理論的學術會議，旁徵博引，胡言諷刺，竟贏得掌聲及與會者亦步亦趨的模仿。

但詩歌和文學理論並沒有使《東方獵手》失去了「速度感」，李歐梵展現了間諜小說「讓人喘不過氣來」的節奏，避免學者文章溫呑呑或拖泥帶水之弊，讀者在緊湊的敘事中，上窮碧落下黃泉，走進國共勢力、CIA、俄羅斯特務及日本浪人的錯綜複雜關係裡，在詩及電腦一層一層的「抽絲」中，「剝」開險惡政治在歷史的「繭」。李歐梵這位文學的「東方獵手」，在新世紀的春天，獵獲了驚奇的小說果實，也擄走了全球中文讀者的心。

附錄：塵封的詩集　都是間諜密碼

小說開頭，主人公方庇德引用古波斯詩人奧瑪卡榢（Omar Khayyam）四行詩「樹枝下，一卷詩／一壺酒，一塊麵包——還有你／在我身旁，高歌於原野／啊，這原野就是眼前的天堂」，充滿異國風味。其父方國立是忠貞愛國的軍人，爲加點文化，李擬讓方國立寫舊詩。老友、學者鄭樹森獲悉，鄭重推薦汪精衛舊詩；剛好另一友人鄧文正藏有汪精衛的《雙照樓詩詞稿》，李借來讀，愛不釋手。汪詩恰恰印證了方國立的足跡，於是他引了三四首，變爲密碼，讓方庇德解，並藉以引導他走向尋父之路。以下這兩首詩即錄自《雙照樓詩詞稿》：

〈除夕〉

悠悠一年事，歷歷上心頭。成敗亦何恨，人天無限憂。河山餘磊塊，風雨滌牢愁。自有千秋意，韶華付水流。

〈感懷〉

士爲天下生，亦爲天下死，方其未死時，怦怦終不已。宵來魂躍躍，一鶩三萬里，山川如我憶，相見各含睇。頗言發清音，一爲洗塵耳，醒來思如何，斜月淡如水。

感時憂國的小說和評論
——南方溯的穿透力

小說是大學問。在二十世紀之初，梁啓超就剖析小說與社會的關係，可以發揮移風易俗的宏觀效應，又有陶冶個人心靈的微觀力量。一百年來，中文小說的發展，從章回小說的傳統論述，到現代派及後現代派的種種實驗，都反映「大歷史」的變幻。以小見大，小中有大；二十世紀中文小說的繽紛色彩，正是全球華人社會發展的縮影。

《亞洲週刊》選出的二十世紀中文小說一百強，前十本的作品大多寫於三、四十年代；魯迅、沈從文、老舍、茅盾、巴金等名字，都是和感時憂國的主題融合在一起，成爲這世紀傳奇的終極關懷與文化象徵。

爲這一專題撰寫評論的王杏慶（筆名南方朔），本身就是一位感時憂國的評論家。長期以來，他參與《亞洲週刊》評論版「筆鋒」的寫作，廣獲各方好評。王杏慶曾擔任新聞記者多年，在採訪的火線上，不僅累積了豐富的新聞經驗，也帶來他在理論探索上更能聯繫實際的能力。

在台灣文化界中，不少人稱他為「大師」，不只是謔稱或是尊稱，而是驚訝他好學深思，博覽群書的勤奮，也嘆服他直探問題根源的穿透力。

王杏慶對文學的理論用力甚勤，並熱切追尋東西方比較的靈感，他早年即深入探討西方現代化的理論，近年則回首中國傳統的論述，系統地閱讀經史子集，被視為重要的「民間學者」，論政與文化思考的文章都擲地有聲，成為文化上的「台灣奇蹟」。著作包括：《伊底帕斯王的悲劇》、《憤怒之愛》、《另一種英雄》等。

近年王杏慶常應邀為台灣的文學獎擔任評審，目睹中文小說在風格及主題的變化，也更體會文學多元及非政治化的發展。他在文學評論中，即指出二十世紀小說易陷於美學政治化與政治美學化的漩渦，尤其中國大陸在四九年至文革結束前的小說，即因而面對文學歉收的季節。

在《語言是我們的星圖》中，王杏慶引述學者陳寅恪的話說，一個字裡就有一本文化史。其實每一本小說，也有一本文化史。二十世紀中文小說是一種如此獨特的文化載體，它在百年的滄桑中，承載著感時憂國的沸騰血液，也承載著全球華人的歷史與命運。

智慧的天國

閱讀的人有福了，因爲智慧的天國是屬於他們的。小周最近在MSN寫了這些話，傳給他的朋友。他說參加了本屆香港書展的文化論壇後，有感而發，覺得自己過去花太多時間在電腦遊戲，沉迷在流行歌曲，對閱讀一點也沒有興趣，但一場書展的文化論壇，使他一夕間改變了生活的習慣。

我寫MSN問他，「是誰像閃電一樣擊中你的神經？」他回答說：「南方朔。」他說那天只是路過書展的演講廳，看到這個像「鐘樓怪人」的傢伙，說著結結巴巴的國語，本來就不想聽下去，但沒想到他聽到一句話：「閱讀是快樂的來源。」

小周說他最近很不快樂，聽到南方朔這句話，一剎那間竟是當頭棒喝。他就站在演講廳的角落，聽這個頭髮灰白，衣著隨便的人侃侃而談，談閱讀是改變生活品質的關鍵，因爲不讀書就不會想到根本的問題。閱讀的人，注意力就不一樣。

小周說他想起自己青年時喜歡讀小說、詩，但進入職場之後，就被太多的應酬淹沒，已經很少去書店或圖書館。我問他最近開始讀什麼書？他說：「我正在念南方朔寫的《給自己一首詩》。」

INK PUBLISHING

讀者服務卡

您買的書是：______________________________

生日：________年________月________日

學歷：□國中　□高中　□大專　□研究所（含以上）

職業：□軍　□公　□教育　□商　□農

□服務業　□自由業　□學生　□家管

□製造業　□銷售員　□資訊業　□大衆傳播

□醫藥業　□交通業　□貿易業　□其他______________

購買的日期：________年________月________日

購書地點：□書店　□書展　□書報攤　□郵購　□直銷　□贈閱　□其他

您從那裡得知本書：□書店　□報紙　□雜誌　□網路　□親友介紹

□DM傳單　□廣播　□電視　□其他

您對本書的評價：（請填代號 1.非常滿意 2.滿意 3.普通 4.不滿意 5.非常不滿意）

內容______　封面設計______　版面設計______

讀完本書後您覺得：

1.□非常喜歡　2.□喜歡　3.□普通　4.□不喜歡　5.□非常不喜歡

您對於本書建議：

感謝您的惠顧，為了提供更好的服務，請填妥各欄資料，將讀者服務卡直接寄回或傳真本社，我們將隨時提供最新的出版、活動等相關訊息。

讀者服務專線：（02）2228-1626　讀者傳真專線：（02）2228-1598

廣　告　回　信	
台灣北區郵政管理局登記證	
北台字第15949號	

235-62
台北縣中和市中正路800號13樓之3

印刻出版有限公司　收

讀者服務部

姓名：______________　性別：□男　□女

郵遞區號：__________

地址：______________________________

電話：（日）______________（夜）______________

傳真：______________

e-mail：______________________________

INK

每日一詩

如果每天寫一首詩，你可以成爲一個不一樣的人。我的朋友小周抽著菸，對著我說他的詩情與夢想。他說他希望常常可以寫詩，讓詩的語言來洗滌日常生活中的俗氣與煩囂。

我問他現在多久才寫一首詩？他有點不好意思地說，只偶爾在餐館等人的時候，在紙巾上寫了幾行，但往往還沒寫完，朋友就來了。

我說這些斷簡殘篇，也許還暗藏一些詩情。小周聽了，興奮起來，說的確如此，這些縐縐的，沾滿了油漬的紙巾，都放在家裡的抽屜，有時候拿出來念念，還眞自我感動，覺得爲什麼會在某個時刻會有某種特別的感覺，但事過境遷，又會覺得很不可思議。

我說這也許就是詩的奧秘。詩情就像一道心靈的激光，會在生命中留下難以察覺的烙印，因此必須珍惜這些感覺，不要讓它稍縱即逝。

我向小周建議買一本小筆記本，記下自己的詩情。小周說他的記憶力好，有時候就硬生生記住自己的佳句。我澆他一盆冷水，說別忘記拿破崙的名言：「最深的記憶，都比不上最淺色的墨水。」而最淺的詩情，也需要最深色的原子筆。

跨越疆界的閱讀

小周從香港書展回來，捧了一大堆書，簡體的繁體的，包括一些音樂理論及二次大戰戰史的書，他說這次書展的人潮打破紀錄，高達六十多萬人次，人海與書海交流，是一種難忘的經驗。

我說你買的書也太奇怪，怎麼音樂理論和二戰歷史攪在一起。他笑說這正是要落實今年書展的主題，要「跨越疆界」。他說當了十幾年的古典音樂樂迷，但僅止於欣賞層次，他倒是要好好研究一下音樂理論，了解不同門派的作曲法，使自己可以分辨拉赫曼尼諾夫與柴可夫斯基的異同點。

但二戰戰史又和「跨越疆界」有什麼關係？他說今年是全球戰勝法西斯戰爭六十週年紀念，歐美的紀念活動如火如荼，但亞洲地區則很冷清，這大概和日本政商界的龐大影響力有關係，很多媒體都不願意得罪日本人，香港有些刊物最近登了有關保釣及日本軍國主義問題的報導，立刻被一家日本電器商抽掉廣告，所以他說二戰歷史不能忘，不僅要記住中國抗戰的血淚，也要深入了解太平洋戰爭的內幕。

我說香港其實是容易失憶的城市，日軍佔據香港三年零八個月的六十週年，香港主流媒體都是冷處理，這本身其實就是新聞。小周在書海中游弋，跨越了記憶與失憶的疆界。

深度閱讀

二〇〇六年香港書展的主題是「尋找二十一世紀的人文情懷」，核心理念就是呼籲深度的閱讀，不要只是功利地閱讀那些「How to」的書。

這其實是過去香港人被詬病之處。書店的暢銷書，不少是「如何在三十歲之前成爲百萬富翁」、「如何取悅你的上司」；又或者只是一些淺薄的、逃避主義式的娛樂讀物。

更深層地說，深度的閱讀其實是一個成熟的、健康的公民社會必備條件。每一個市民都喜歡透過閱讀去思考，社會就不容易被腐敗的權力所綁架，不會被庸俗的媒體所綁架，也不會被黑白二分法的簡單思考模式所綁架。

深度閱讀也是一種最佳的「自我教養」。閱讀對很多香港人來說只是爲了考試、為了拿更高分。他們沒想到如何在人生考卷上拿更多的分數，就需要更多的閱讀，去和歷史上的聖哲對話，汲取更多生命的智慧，提升自己的判斷力。

任何一個偉大的社會，都有一個龐大的讀書人口，在多元化的學習與思考中，展示一種強烈的人文情懷。改變一個社會，就從改變自己開始，改變自己，就從深度閱讀與思辨開始。

寫作的神秘主義

寫作是心靈的活動，也是不可預測的神秘旅程。不少作家在下筆前已有很多心理的醞釀，幾經掙扎、痛苦、快樂，到最後形諸於文，卻又湧現一些原先沒想到的意念，別具機杼，連作家自己也嚇了一跳。

這牽涉思維的不同層次。寫作開始時，也許義理澎湃，或情意綿綿，但筆下風雲驟起，卻又勾起種種聯想、創意，一時間胸中如有千軍萬馬，左衝右撞，馳騁於意象的草原，下筆不能自己，有些作家置身其間，恍如騰雲駕霧，走上一段意外的心靈之旅。

台灣作家平路前幾年寫孫中山與宋慶齡的愛情故事，花了三、四年的時間，事後她回憶寫作過程中「自己像是中了蠱，明明不是『我』在寫小說，是『我』被這小說寫了一回」。

平路原名路平，她把自己的眞名顚倒過來當筆名，是因爲她和別人打賭輸了，要把自己的名字倒著來寫。巧合地，她寫作過程中，自己與筆下文字的關係也被顚倒起來，充滿了傳奇性。她說自己像「活在一個想像的牢籠裡」，卻要從歷史中穿越死亡，找回小說中的人物。快寫完時，「竟害怕會突然若有所失——好似要與朝夕相處的人永訣，怕關上了一扇門，就會被小說裡的人物拋在生命外面，或者更精確地說，獨獨把我留在生命裡面！」

這是寫作的神秘主義，一種不可解釋的動力。文章一旦開始，似有一種不能被作家所控制的力量出現，驅策繆思，也驅動文字，作家爲意念與思想所困，一下子覺得自己是主人，但一下子又覺得自己是奴隸。主奴之間，竟是模糊了起來。但面對精采的作品，也許讀者才是眞正的主人。

魯迅從橫眉到俯首的心路

一切歷史都是現代史。紀念魯迅逝世（一八八一——一九三六）六十五週年，其實也是檢視今天中國現狀，是否已經從魯迅年代的悲劇與鬧劇中走出來，寫出國運的新劇本。

魯迅是中國傳統與現代的橋樑，他舊學根柢極好，寫作大多用毛筆，但他嚮往一個理性與現代化的社會，可以掙脫「人吃人的禮教」與阿Q的「精神勝利法」。他的筆像一把手術刀，要割掉社會與國家的毒瘤，甚至不惜壯士斷腕，割掉應該割掉的傳統。這也導致評價魯迅的泛政治化。共產黨捧他上神壇，視他爲建立新中國的文化先鋒。國民黨把他推上祭壇，指出恰恰是他抨擊傳統，動搖國本，終致神州變色。

不過在魯迅死後六十五年，國共的恩怨早已如魯迅所說的，「渡盡劫波兄弟在，相逢一笑泯恩仇」；如今國共雙方的共同敵人是台獨。江澤民及連戰之間反而有不少共同的語言，他們也許都看過魯迅，都不會忘記魯迅的「寄意寒星荃不察，我以我血薦軒轅」。中國人在閱讀魯迅之後，才會有「知恥近乎勇」的衝勁，要爲苦難的中國創造美好的明天。

在反右、文革甚至六四期間，魯迅是中國民間社會最重要的文化資源，因爲他是神壇上的人物，是官方高度肯定的樣板，但恰恰是在這樣板裡，被冤假錯案所凌辱的人們找到了精神的慰藉。魯迅在權貴面前的傲骨，成爲溫熱人心的暖流。橫眉冷對千夫指，俯首甘爲孺子牛，不少被鬥批改的對象更能體會「橫眉」與「俯首」的況味。

這也是中國老百姓最珍貴的文化資源。魯迅昔日的戰友與敵人，都慶幸他死得早，僅僅五十六歲，但死得其時，不僅自己逃過歷史的劫難，也使自己的作品成爲黑夜中的明燈，照亮未來艱難坎坷的建設道路。從追求社會正義到追求均富的道路，中國的確繞了很多時代的彎路，但在新世紀之初，現代化之路已雛然成形。因爲魯迅早就說過：「其實地上本沒有路，走的人多了，也便成了路。」

殷海光的鞋子與眼淚

在六十年代後期的台大校園，陷於逆境的殷海光展現一種莫名的魅力。他被當局禁止授課，但當局不能禁止學生找他。在那便衣特務密布的溫州街十八巷十六弄一之一號教授宿舍前面，我和幾位香港僑生輕輕敲打殷家的大門。

「哪一位？」殷海光的湖北口音傳來，他自己來開門，樣子比書上的照片顯得老，但目光銳利。一位僑生「老大」在台大哲學系上過他的課，帶我們這些新來乍到的大一學生去拜訪他。

那時我才十七歲，但在香港念高中後期，已讀了他的《怎樣判別是非》和《思想與方法》，深受他的影響。他面對我們這些年輕的不速之客，一點也不以爲忤，和我們談香港和中國的情況，對當時大陸文革的形勢非常關注。

寒假之後，我們一群香港僑生和他再次見面，這次我們邀請他到一位台大僑生家裡聊天，在興隆路六二六巷，有一位同學從香港帶了在國貨公司買的一雙黑布功夫鞋送給他。這種鞋便宜，但很有中國的土味。他纖瘦的手在撫摸這雙鞋子，突然眼淚就不斷流下來；他說這鞋子使他想起了家鄉，想起了中國大陸的一切……

儘管殷海光沒有機會穿上這鞋子重返故園，但廣大的學生和讀者卻穿著他的「思想鞋子」，踩在神州大地的土地上，留下越來越多和越來越深的腳印。

殷海光的「中國鞋」，在陳水扁政府推動「去中國化」的台灣土地上，一度越來越步履維艱。台灣具有中華民族主義意識的知識分子，往往被綠營當局「穿小鞋」，多方刁難。也許他們沒有像殷海光當年那樣被政治權力赤裸裸地剝奪教職，但卻會遭受種種間接壓力，要求向當權派的價值觀靠攏。

但殷海光早就看穿權力的虛怯，不能統攝一切。文化的反思及開放社會的力量，不僅避免絕對的權力絕對地腐化，也避免絕對的權力使歷史的記憶絕對地流失。

全球華人也拒絕台灣「去中國化」的政策。殷海光思想揭示了自由主義與中國情懷結合的強大力量。台灣贏得了自由，也不能失去中國；民主的台灣，也毋忘民主的中國。殷海光那雙沾了眼淚的鞋子，一定會踩在兩岸統一、自由民主的土地上。

旺角・殷海光

殷海光最近不少舊作在中國大陸出版，引發文化界的躁動，因爲這位台灣五、六十年代的自由主義先鋒，過去對國民黨的嚴厲批判文字，恰恰與今日中國大陸的現實吻合，都是從民間知識分子的角度，思考專制的威權主義的文化根源，使中國大陸知識界特別振奮。

上海三聯出版社印行的《思想與方法》是殷海光六十年代的作品。我第一次看這本書，是中學最後一年，在旺角奶路臣街的書店買了這本書，愛不釋手。

那時我才十六歲，我記得那天在旺角的一家茶餐廳，我叫了一杯熱檸茶，一客奶油多士（吐司），一邊在看殷海光怎樣分析威權統治的特色，其實與思考上的方法有關，都是陷在「有顏色的思想」的陷阱中。儘管茶餐廳很吵，煙霧瀰漫，但在那一刻，我卻突然覺得他的論據的強大動力，可以破除思想的迷霧，讓人看清楚現實政治背後的深層問題。

這也促使我去閱讀殷海光所推薦的羅素和海耶克。三十多年後，這些過去在台海兩岸被當局視爲大逆不道的書，現在已經完全解禁，並且在中國大陸成爲顯學，學界的研究，也越來越深入，因爲他們知道這不是純學術研究，也是爲中國的政治改革提供更多的靈感及理論基礎。

余英時解讀胡適的密碼

深夜讀余英時的《重尋胡適歷程》，發現寫日記的重要性，既有內省自修的作用，也有客觀上影響歷史的神奇魔力。

魔力在於要寫得長久。胡適留下的日記，從一九一〇年寫到一九六二年，從清代寫到民國及中共建政，從中國大陸寫到美國再寫到台灣。四百萬字的日記，是歷史的寶庫，等待有心人打開這寶庫的大門。

余英時打開了。他在裡面尋尋覓覓，澄清了不少眞相，也陷入更多的疑團。究竟胡適有多少情人？究竟胡適在日記隱瞞了多少公事與私事？

這其實牽涉寫日記的目的，如果只爲了個人的紀錄，只爲了內省自修，應該是知無不言，言無不盡，但胡適作爲一位有歷史癖的學者，他早就知道這些日記會成爲歷史學者放在顯微鏡下檢驗的對象，所以他早就留了一手，設定了一些密碼，讓大家來個歷史猜謎遊戲。

胡適與恩師杜威關係匪淺，但最耐人尋味的是他與恩師晚年所娶的Robby Lowitz，早就是胡適相識已久的女朋友，彼此關係也匪淺。後來女友變成了師母，像蕩氣迴腸的愛情小說，咫尺天涯原是夢，又豈是一個愁字了得。胡適日記這一段，若隱若現。現實的愁緒，比戲劇的想像還更有戲劇的張力。胡適的日記不僅暗藏歷史的密碼，也處處是文學的密碼，等待更多有心人去解碼。

胡適又成中國的文化明星了。在他去世四十多年後，他的文化理想與作品的力量，又成爲中國知識界一股重要的力量。有關胡適的書，源源不絕的推出，尤其胡適四百萬字的日記，也率先在中國大陸出版，讓新一代可以親炙那些飄遠了的自由主義精神，發現今日的種種問題，其實在大半個世紀之前已經討論得巨細無遺，在時代的裂變之後，重新檢視昔日的爭論與反思，更如寒天飲冰水，點滴在心頭。

但胡適作品的吸引力，還在於他人性化的一面。他的日記透露了他的戀情，他和幾個女人眞摯而又絕望的關係，成爲他生命中難以言說的痛。也許就是這種痛，化爲他在學術上的動力，像「過河卒子，勇往直前」。

胡適當然不是聖人，他也有膽怯和猶疑的時刻。六十年代，台灣的《自由中國》雜誌負責人雷震宣告要籌組反對黨後，即被當局逮捕，誣以「對匪諜知情不報」的罪名，判刑十年，面對昔日戰友身陷鐵窗的下場，他沒有強力抗爭，甚至說「容忍比自由更重要」，引來殷海光、李敖等人對他極為不滿。

也許就是在這鬱悶的氛圍中，他在中央研究院的酒會中心臟病發，遽然去世，留下一個時代的遺憾與謎團，等待今日中國大陸新一代來解開。

信息不對稱

香港和中國大陸之間存在一種奇特的「信息不對稱」。不僅中國大陸對香港的事情不了解，不僅因爲中國大陸的媒體不自由，而是在一個號稱擁有全球最自由媒體生態的香港，對中國大陸的了解，往往出現一種結構上的缺陷。

這種缺陷就是隔了一層的信息。舉例來說，在二〇〇六年十二月這兩個星期，中國大陸數以億計的觀眾，每天晚上都在看中央電視台第二套（經濟頻道）熱播的歷史紀錄片《大國崛起》，播完了十二集之後，又立刻重播，但在香港，七百萬市民卻不能參與這上億觀眾的行列，因爲在香港，無論是無線電視或有線電視，都看不到央視的第一套節目。一直要等到二〇〇七年的暑假，香港的無線電視才播映它的粵版本。

而央視的第一套，其實是中國政治及文化、經濟的重要載體，也是政治學上所說的政治教化（Political Socialization）的重鎮，但不知道什麼原因，長期以來香港人就不能和大陸十三億同胞分享同樣的信息，就好像幾年前中央電視台第一套播放《走向共和》電視劇，反思中國走向民主、自由、共和的艱困之路，香港人也無緣同時觀看，只有事後去買翻版的影碟來看。這樣的「信息不對稱」，也形成了兩地民眾對很多事物的看法，有完全不同的世界觀。

海歸派崛起與大國崛起

中央電視台大型歷史紀錄片《大國崛起》的特色，是打破中共以馬列史觀解釋歷史的束縛。大國的崛起不再被解釋爲帝國主義的血腥及殖民主義的掠奪，而是繫乎制度的建設，文明的建設和國民素質的建設。

這也當然和這紀錄片的學術力量有關，在這片子中出現的中外學者多達數十人，而其中最受矚目的是一些中國的「海歸派」學者，他們在外國長期研習人文學科及歷史，對五百年來九個大國的興衰歷程有很多切身的感受，也有學術上的深刻體會，因而在本片中都一針見血地指出大國崛起背後的人文動力，絕非靠船堅砲利，而是要靠文化思想的動力。

在美國接受訪問的學界人物，包括柏克萊加州大學的錢穎一教授，以及在賓州印第安納大學的王希教授，都提出不少具有洞察力的分析，也使《大國崛起》的美國部分，拍得相當深刻，讓中國觀眾可以不偏不倚地了解美國，既能擺脫過馬列史觀的框框，又能避免簡單的「唯美是從」的崇拜心態，使中國決策者及老百姓對美國都有一個比較準確的認識。

爲什麼央視的歷史紀錄片《大國崛起》，會被拿來與當年的《河殤》及《走向共和》比較，被視爲中國電視史上最激動人心的作品？這當然是因爲片子都緊扣「中國往何處去」的主題，讓全球中國人都看得透不過氣來。

這也是《大國崛起》在二十一世紀初葉的魅力，讓觀眾感受一種莫名的焦慮感；中國離大國崛起還有多遠？

因爲大國崛起不僅是歷史的偶然，還需要一些領袖精英的主觀決斷，在關鍵時刻的推動。中國當前在經濟澎湃之際，商界人才輩出、民間社會的力量強勁，但政界的人物，卻陷入內耗及畏首畏尾的的漩渦中。

這都因爲中共的權力結構，缺乏自我突破及自我完善的能力，官官相衛，又或者是不同的特殊利益集團彼此制衡，往往怕被政敵抓住小辮子，因此政治改革之路遲滯不前，一些很有理想，曾經想幹一番事業的人物如朱鎔基，都默默淡出，不願再蹚這渾水。

《大國崛起》的出現，勢將刺激改革的動力，痛定思痛，成爲最新的精神支撐點。

胡蘭成惹的禍

二〇〇五年十月間，我的朋友老張從上海回來，捎來令人震驚的消息。張愛玲作品研討會原定在上海華東師範大學舉行，但最後關頭被當局腰斬，傳出當局要文壇爲「張愛玲熱」降溫，並指出張愛玲的前夫胡蘭成當年是「漢奸」，因而不宜再多「宣傳」張愛玲。

這眞是巨大的諷刺。到了二十一世紀，政治的怪手仍然伸向文學。「張愛玲熱」要升溫或降溫，還要政治當局來決定。這不僅違反市場規律，也違反普世價値與人文精神。胡蘭成是張愛玲的前夫，他當年的漢奸問題，怎麼能扯到張愛玲的文學？

這就好像魯迅的兄弟周作人，也曾在日僞當局手下做事，被視爲漢奸，但文學史從來不會因爲周作人的問題而批判魯迅。

事實上，胡蘭成的書近年在中國大陸熱賣。他的《山河歲月》與《今生今世》，都洛陽紙貴，只是一些被視爲敏感的內容，早已刪掉，成爲「潔本」。但即使如此，中國大陸的讀書界對胡蘭成的評價仍不惡，認爲他的文字艷麗，別有一種迷惑的力量，而有關胡蘭成的傳記，也在大陸出版，因此「張愛玲熱」的背後，其實是「胡蘭成熱」。張愛玲小說熱被腰斬，也許是「胡蘭成熱」惹的禍。

張愛玲的左翼情緣

研究張愛玲的學者最近都在狐疑：爲什麼張愛玲這樣一位「小資」的作家，這樣一位極度追尋個人自由、耽溺於資本主義生活方式的知識分子，卻和「左派」有剪不斷、理還亂之情愫。她和美國的一位一百%左派的作家賴雅（**Reyher**）結婚，大家廝守了十一年，不離不棄。賴雅於一九六七年病逝，張愛玲之後就沒有再結婚。

張愛玲的遺作《同學少年都不賤》到了二十一世紀才出版，寫一個上海三十年代校園女同性戀的故事，女主角趙暗戀高班女同學赫素容，而赫素容就是左派。趙愛她，甚至等她從廁所中出來，急切地坐在她坐過的抽水馬桶上，感受馬桶木板上傳來的餘溫，享受那種間接而又奇特的肌膚之親。張愛玲寫這種微妙的感情，用難以想像、有點病態，但又合乎情理的情節，來襯托一個「小資」對一個「左派」的愛慕。

這也成為探索張愛玲的「左翼之戀」的最新線索。是否這位世家出身、念教會學校的柔情女子，在左翼的激情中，找到生命中的另一種刺激？

當張愛玲厭倦了「右翼」的胡蘭成之後，她反而對左派的理想主義和神秘的「同志感」有一種莫名的嚮往。

張愛玲當然痛恨教條和意識形態的枷鎖，也寫過反共小說《秧歌》和《赤地之戀》，但她早就看出在左右之爭的感情漩渦中，可以發現人性衝突的巨大戲劇張力。

當木子美與王文華相遇……

木子美旋風的風眼是「小資」現象。那些二三十歲的都會中產階級在中國大陸崛起，他們尋找一種不一樣的生活方式，擺脫政治教條的束縛，對異國的風情帶有一種莫名的憧憬。但他們崇洋而不媚外，既愛上米蘭昆德拉和村上春樹，但又不會忘記張愛玲與《紅樓夢》。他們也許不是每一個人都要和木子美一樣驚世駭俗地在網上寫性愛日記，但他們大多堅決支持木子美有這樣的權利，讓政治有形和無形的手，遠離自己的睡房。

但「小資」其實要遠離政治，他們認同木子美狂飆的文字，沒有拘束地說出自己內心的感覺，打破「做了不要說」的道德魔咒，「性」不「性」由你，但「性」福的微妙，還要由俏皮、慧黠的文字來呈現。

這使木子美和王文華相遇，在文字的世界，他們其實都在釋放同樣的頻率，讓「小資」的讀者共鳴，讓他們的世界變得豐盛起來，可以用文字來刺激生活的味蕾，品嚐那些「小資」天地的甜酸苦辣。

台灣作家王文華的《蛋白質女孩》其實就是木子美的反面典型，也是木子美《遺情書》的對照。一個讓男性夢寐以求、但又不敢「上」的女性，具備了一切的美德，但其實是「太有營養」的典型。它從反面來嘲諷「好男好女」的虛幻，但核心還是性。那些在王文華筆下的都會男性——蒼蠅、鯊魚和狼，都在追求性的權利，歷盡劫波，期望抵達蛋白質的彼岸。

台灣的「小資」其實沒有中國大陸那麼蛋白質，他們大多沒看過大陸「小資」所喜歡的法國作家杜拉斯，不會了解《物質生活》與精神生活的綿密關係。但閱讀王文華和木子美的作品，兩岸的「小資」都可以找到共同的語言，他們倡導一種全新的生活方式，告別意識形態，告別僞善，也告別「做了不要說」的年代。

當然王文華最厲害的武器是他的押韻與繞口令式的文字，巧思百出，千繞百轉，寫到高潮處，也是文字最誘惑之處，他和木子美的比喻「我不是用身體寫作，而是用液體寫作」一樣，都是暗藏機鋒的高手。王文華的插科打諢，在中國大陸書市大受歡迎，甚至拍成電視劇，而木子美的作品則只能在網上游擊戰，出書則遭遇「封存」的命運。這也許因爲木子美的文字主角用了眞名眞姓，以實打虛，而王文華則是以虛打實，虛虛實實，難以挑剔。

但他們作品的核心，都在彰顯「小資」社會的特色。當兩岸的「小資」都在欣賞美國電視連續劇《慾望城市》（Sex and the City）的時候，他們的慾望都要和文字約會，他們的城市都要尋找新的緣分。就是在這種時代的氛圍中，他們的靈感都在台海的上空激盪，反映兩岸「小資」的共同願望：釋放文字的慾望，就從釋放慾望的文字開始。

這其實回到文學世界的老問題。文學的情色與色情的文字如何區分？經典的解釋在於到底是「文以載色」還是「色以載文」。文中有色，並不見得是色中有文。這也許是永遠辯論不完的題目，但卻是「小資」在生活上永遠不會迴避的場景。性當然不是萬能，但生活中沒有性卻是萬萬不能，這也是兩岸「小資」團結一致、槍口對外的地方。

當然王文華與木子美有男女之別。王文華往往刻意表達一些「大男人沙文主義豬玀」的傲慢與偏見，自嘲也嘲人。木子美則是毅然脫下僞善的面具，顚倒父權社會的話語霸權。她不惜以赤裸裸的文字，來展現赤裸裸的眞實。她不會像錢鍾書《圍城》裡的男主角方鴻漸，只在「局部的裸體」中發現「局部的眞理」。木子美是要裸露自己的肉體和靈魂、來暴露一切的僞善，而王文華則是用幽默來作護身符，蓋住一些最敏感的部位，虛中有實，讓人不會面對自己思想裸體的窘境。

但他們其實都在尋找一種永恆的文字浪漫，尋尋覓覓，在生活的一夜情中尋求繆思的「另一種忠誠」。木子美的《遺情書》中自有蛋白質女孩和蛋白質男孩的影子，放浪形骸中，情到深處無怨尤，只爲了體現這一代兩岸「小資」的夢想：讓政治退出睡房，也讓文字進入慾望的夢鄉中。

叫等待太沉重
——《台北尋夢的女人》中的情與慾

陳漱意的這篇小說，意象繁複，看似是「私小說」的典型，喃喃地自剖女主角的情感跌宕，意識流一瀉千里，但其實隱藏了對當前兩岸關係的感性註腳。一個四十四歲的台北職業女性，在感喟台商丈夫的背叛之際，又陷入乳癌的陰影，她在台北爲夢境中的「蛇」而困擾，在紐約、台北不斷的尋夢的旅程中，意外地重新發現自己的情與慾，更發現了自己內心世界幽微之處的秘密。……

台北尋夢的過程，其實是大時代的倒影。到了九十年代末期，台灣共有四萬多家台商在中國大陸，投資的金額已超過四百億美元。商人重利輕別離？還是企業利益成爲家庭不和的避難所？這是兩岸關係一個新階段，政情以外，看似是商情的交纏，但最後是親情的糾葛。《台北尋夢的女人》，背後隱藏著一個「台北正在等待的女人」。但這一層，是否還有「廣州正在等待的女人」？是否還有「上海正在等待的女人」……

但爲什麼只是女人？這恰好是小說的關鍵所在。女人生命的意義，難道只爲男人的心情變化而流動？女主角崔燕，被一位在飛機上邂逅的男人調侃說：這是武俠小說中女俠的名字。她在體內流動著賢妻與背叛的兩種血液，人到中年，面對外在與內在的兩大危機，也面對安分與衝破框框的衝動，形成整篇小說強大的戲劇張力；要還是不要？台北等待廣州，還是廣州等待台北？

在這奇特的大時代背景下，作者探索時空轉移中人際關係的倒錯。女主角崔燕和樓上的莫魯正都是「台獨」——在台灣獨守家園的男女。相濡以沫以及春風一度只是時代的撫慰；但這又是永恆的出軌誘惑。她意外地當了周先生的「救命恩人」，也陰錯陽差地誘惑了他，卻沒想到他竟是顛倒乾坤的同性戀。婚外情的粉紅色空間，還是敵不過那黑白的空間，蛇蠍的斑爛色彩又在黑白掩影中浮現，叫等待太沉重！從台北到紐約，小說畫面的色彩更接近一齣黑白電影。即使是紐約的光怪陸離，也變成了伍迪・艾倫（Woody Allen）導演的《曼哈頓》（Manhattan），黑白的、沉重的，但卻多少帶點調侃。這是時代的調侃。小說的背景，竟是一九九六年台灣總統大選前夕，大陸導彈橫飛，人心惶惶之際，反而使心靈尋求一片淨土。一九九九年夏天，這篇小說出版前夕，沒想到遇到「兩國論」沸騰，台海局勢又趨緊張。台北的女人總會問：他會回來嗎？如果兩岸有戰爭，那廣州的男人會怎麼樣？世紀末的感情，就在國共的歷史夾縫中卡住。悲歡離合，總會有些大時代的烽火來點綴。這又有點像張愛玲的《傾城之戀》的味道。

不過，陳漱意和張愛玲的視野不同。她跳出香港和上海的雙城記。在紐約的書桌上，她爲女主角添加了美國的傳奇。兩岸的緣分，從政治到愛情，似乎都離不開美國。從廣州開往台北的感情快車，竟要繞過紐約，才能走進讀者的心靈驛站。

作者的筆觸總是暗藏機鋒，峰迴路轉之處，卻又別有洞天。乳癌使女主角走向死亡邊緣的反思。乳房切除也意味著失去了女性的象徵，但意外地換回原來已失去的家庭。從出軌到重新走上軌道，從疏離到回歸傳統，作者帶讀者走過一段險惡的心理旅程。黑白色系的電影，似乎最後又回到彩色亮麗的銀幕，但作者拒絕廉價的大團圓佈局。她曖昧地刻劃一次昂貴的生命之旅，透視女主角內心的幽暗角落。在台北尋夢的女人，也許會等到夢醒時分，但夢境及現實都不能只是等待，而是要自己去探索，才能揭開生命的隱密。

【附錄】

百年的「吶喊」，「傳奇」的世紀

——《亞洲週刊》「二十世紀中文小說一百強」評審報告

在二十世紀的最後二百天裡，面向全球華人社會的《亞洲週刊》選出「二十世紀中文小說一百強」，總結中華文化的最新靈感，讓中文世界的讀者驀然回首百年歲月，重溫那些曾經激動人心的小說。它們雖然歷經時代的滄桑，但每一個方塊字都像一滴雨點，一滴一滴地滲在枯旱的歷史土壤中，滋潤了多少荒蕪的心田，陪伴了多少人成長，也見證了多少歡樂和哀愁。

由《亞洲週刊》編輯部與來自全球各地的文學名家聯合評選的「二十世紀中文小說一百強」，魯迅的《吶喊》奪得百年小說冠軍。緊接著是沈從文的《邊城》、老舍的《駱駝祥子》、張愛玲的《傳奇》、錢鍾書的《圍城》、茅盾的《子夜》、白先勇的《台北人》、巴金的《家》、蕭紅的《呼蘭河傳》及劉鶚的《老殘遊記》。

百年的文學精華，以三、四十年代的作品爲主導力量。當時的作家在風雲變色、家國命運危難之際奮筆疾書，而這是作家擁有創作自由的年代，作品充分反映大時代的變幻與內心世界的翻騰，也展現感時憂國的主題，成爲百年小說排行榜大部分精英的鮮明主題。

正如英語文學不等於英國文學或美國文學，《亞洲週刊》所選出的「二十世紀中文小說一百強」並非只是現代中國文學史的一部分，而是躍升至更大的範疇，總結全球華人的寫作與閱讀經驗。作者及讀者不論持何種護照，只要是用中文，都可以分享共同的美學經驗。

這集體的美學經驗，也濃縮成二十世紀的文學盛宴，讓不同背景的讀者都能分享多元化的口味，因爲這一百年來的文學口味，匯合了甜酸苦辣，也匯合了這時代變幻的味道。

但無論品味如何，評審都毫無爭議地推崇魯迅，對他的作品投下高票，爲他戴上二十世紀中文小說的桂冠。這位生於一八八一年、卒於一九三六年的文學名家，在去世六十三年後，作品登上百年小說冠軍的寶座。事實上，魯迅的作品除了《吶喊》以外，還有《彷徨》也登上第十二名的位置，連中二元。這和一九九九年蘭登書屋發表的「二十世紀英文小說一百強」一樣，榜首的喬伊斯（James

Joyce）除了以《尤里西斯》奪冠外，另一名作《年輕藝術家塑像》也列入前十五名內。東西兩位大師相互輝映，也有異曲同工之妙。

但魯迅和喬伊斯都已是古人，而十大之中，只有白先勇及巴金仍是活著（編按：本文寫於一九九九年，巴金是二〇〇五年去世）。巴金在一九九九年已九十五歲，他的另一本小說《寒夜》則名列十一。白先勇的《台北人》寫於六十年代，可說是十大之中最「現代」的一本。這也是一百強之中第一本以台灣爲背景的小說。當然，它沒有寫台灣的鄉土，而是展現「沒落貴族的殘照」，從一個側面探討冷戰年代的兩岸關係。

以地區來說，香港小說家的作品在一百本小說中佔了十二本，超過十分之一，表現不弱。排名次序分別是金庸名列二十九的《射鵰英雄傳》及第三十一名的《鹿鼎記》，第四十六名是徐速的《星星・月亮・太陽》，接著是西西的《我城》（五十一名）、施叔青的《香港三部曲》（六十名）、徐訏的《風蕭蕭》（六十七名）、劉以鬯的《酒徒》（七十二名）、李碧華的《霸王別姬》（八十二名）、古龍的《楚留香》（八十四名）、梁羽生的《白髮魔女傳》（八十七名）、亦舒的《喜寶》（九十一名）、倪匡的《藍血人》（九十四名）。

當然，「香港作家」的定義也可能會引起爭論，像寫《香港三部曲》的施叔青，在香港生活多年，但她成名於台灣，後來也搬離香港。不過，嚴格來說，有作品入選的香港作家中，不少人的生命經驗與文學經驗都超越香港，像金庸、徐速、徐訏、劉以鬯、亦舒及倪匡等，都在香港以外就積累了文學的靈感。

台灣小說佔逾四分之一

台灣的小說在全球華人的小說中佔了重要地位，在一百強中共逾四分之一。在前五十名的小說中，台灣小說共有十四本，並反映不同省籍及不同的文學取向，分別是白先勇的《台北人》（第七名）、陳映眞的《將軍族》（第十五名）、王文興的《家變》（第二十一名）、吳濁流的《亞細亞的孤兒》（第二十三名）、高陽的《胡雪巖》（第二十六名）、黃春明的《兒子的大玩偶》（第二十八名）、賴和的《惹事》（第三十三名）、王禎和的《嫁妝一牛車》（第三十四名）、鄧克保（柏楊）的《異域》（第三十五名）、鍾理和的《原鄉人》（第三十七名）、李永平的《吉陵春秋》（第四十名）、司馬中原的《狂風沙》（第四十二名）、鍾肇政的《台灣人三部曲》（第四十七名）、姜貴的《旋風》（第四十名）。

從一九三七年到一九四五年的抗戰，是中華民族生死存亡關頭的鬥爭。「二十世紀中文小說一百強」也選出了五本與抗戰題材有關的小說，包括老舍的《四世同堂》（第二十五名）、徐速的《星星．月亮．太陽》（第四十六名）、孫犁的《荷花淀》（第五十名）、徐訏的《風蕭蕭》（第六十七名）等。儘管題材大多是愛情，但更重要的主題則是感時憂國的終極關懷。

感時憂國的終極關懷

鄧小平復出和一九七六年「四五」天安門事件的平反，帶來了文學的春天，引發中國大陸文壇「非政治化」和「人性復歸」洶湧的創作浪潮。當過知青的阿城創作了《棋王》（第二十名），講述社會底層平民和子弟的艱難辛酸；劉恆的短篇《狗日的糧食》（第七十八名）展示了中國大陸農民驚人貧困的悲慘生活；張潔的長篇小說《沉重的翅膀》（第七十四名），再現了中國工業改革逆水行舟的困境，最早揭示經濟改革不跟政治改革配套將扭曲整個改革的痛苦。

作家也在文學創作中反省文革、反右、土改甚至勞改制度，代表作是戴厚英的《人啊，人！》（第七十六名）、古華的《芙蓉鎮》（第六十八名）、張煒的《古船》（第七十一名）、張賢亮的《男人的一半是女人》（第九十二名）和林斤瀾的《十年十癮》（第九十八名）。賈平凹的《浮躁》（第五十七名）和楊絳的《洗澡》（第四十八名），揭露了社會主義制度下，人性在政治壓力下嚴重扭曲，令人矚目。這一時期中國文學家是清算中共左傾錯誤的急先鋒，得到全社會民眾的讚許，被譽爲「時代的良心」。

文革後文學豐收的季節

入選的中國大陸小說，在一九四九年以後面世的共有二十五本，比台灣地區的二十八本還少。更值得注意的是，入選的中國大陸小說共有二十三本在文革後創作，反映思想上日趨自由後文學比較豐收的季節。從四九年到七六年，不少在大陸膾炙人口的小說都沒有入選，如楊沫的《青春之歌》等，儘管曾列於五百多本的參考書單供評審勾選，但都未能入圍。這顯示了在這段時期，由於思想的箝制，文學土壤貧瘠，因而無法產生好的作品。

四九年至七六年的中國大陸小說，只有浩然的《艷陽天》（第四十三名）及王蒙的《組織部新來的年輕人》（第五十八名）入選。浩然很多作品儘管是文革的「樣板」小說，但《艷陽天》其實寫於文革前，沒有其後《金光大道》的教條，並且刻劃農村的變貌入木三分，因而受評審青睞。

一百強小說的殿堂並沒有排斥暢銷作品，武俠小說、科幻小說及言情小說都佔有一定的位置。金庸的作品進入前三十五名內，還珠樓主的《蜀山劍俠傳》（第五十五名）、古龍的《楚留香》（第八十四名）、梁羽生的《白髮魔女傳》（第八十七名）都名列榜上，反映武俠小說在全球華人的閱讀經驗中是不可或缺的一環。科幻及預言的小說，如保密（王力雄）的《黃禍》（第四十一名）、張系國的《棋王》（第七十九名）及倪匡的《藍血人》（第九十四名）等，都展現了文學的魅力。

歷史小說也是「二十世紀中文小說一百強」的獨特項目。高陽的《胡雪巖》高踞第二十六名，唐浩明的《曾國藩》名列三十六，當前在中國大陸紅極一時的《雍正皇帝》也成爲一百強中的壓軸作品。

同樣，言情小說也沒有被歧視，自張恨水以降，言情的傳統其實也是社會品味的重要側影，瓊瑤、亦舒及李碧華等，都在中文小說的「有情天地」中揮灑自如。

文章千古事，得失寸心知。百年小說選舉，也匯聚了一百年的寫作靈感和智慧。一百本小說，就是一百盞燈，在世紀之交的蒼茫夜色中，照亮了全球華人的新旅程。

評委簡介

《亞洲週刊》編輯部和海內外十四位文學家，聯合評審選出「二十世紀中文小說一百強」名單。這十四位文學家分別來自兩岸三地、新加坡、馬來西亞和北美，代表了不同華人地區的文學界，他們包括：

中國大陸——余秋雨：散文家、文學評論家、上海戲劇學院前院長；王蒙：小說家、中國文化部前部長；王曉明：文學評論家、上海華東師範大學中文系教授；劉再復：文學理論家、中國社會科學院文學研究所前所長；謝冕：文學評論家、北京大學中文系教授。

台灣——王杏慶：又名南方朔，文化及時事評論家；施淑：文學評論家、台灣淡江大學中文系教授。

北美地區——鄭樹森：文學評論家、美國加州大學聖地牙哥校區比較文學系教授；王德威：文學評論家、美國哥倫比亞大學東亞語文學系教授。

香港——劉以鬯：小說家、《香港文學》雜誌總編輯；黃繼持：文學評論家、香港中文大學中文系教授；黃子平：文學評論家、香港浸會大學中文系副教授。

馬來西亞——潘雨桐：小說家。

新加坡——黃孟文：小說家。

身爲評審委員的王蒙和劉以鬯，作品《組織部新來的年輕人》和《酒徒》也都分別入選一百強。但在評審過程中，他們並沒有投自己作品一票。

而整個評審過程歷經了大半年時間，首先由編輯部列出包括五百多本書的參考名單，然後邀請十四位文學家，一起根據參考名單投票選出最後的一百強。在評選前十名時輕易達成共識，但越往後，競爭就越激烈，因爲多部文學作品的所得分數非常接近。一百本書的誕生也經十月懷胎的艱辛，終呈現在讀者眼前。

（編按：評委的職業背景是反映一九九九年底時的情況）

《亞洲週刊》二十世紀中文小說一百強排行榜

名次	書名	作者
1	吶喊	魯迅
2	邊城	沈從文
3	駱駝祥子	老舍
4	傳奇	張愛玲
5	圍城	錢鍾書
6	子夜	茅盾
7	台北人	白先勇
8	家	巴金
9	呼蘭河傳	蕭紅
10	老殘遊記	劉鶚
11	寒夜	巴金
12	彷徨	魯迅
13	官場現形記	李伯元
14	財主底兒女們	路翎
15	將軍族	陳映真
16	沉淪	郁達夫
17	死水微瀾	李劼人
18	紅高粱	莫言
19	小二黑結婚	趙樹理
20	棋王	阿城
21	家變	王文興
22	馬橋詞典	韓少功
23	亞細亞的孤兒	吳濁流
24	半生緣	張愛玲

25	四世同堂	老舍
26	胡雪巖	高陽
27	啼笑姻緣	張恨水
28	兒子的大玩偶	黃春明
29	射鵰英雄傳	金庸
30	莎菲女士的日記	丁玲
31	鹿鼎記	金庸
32	孽海花	曾樸
33	惹事	賴和
34	嫁妝一牛車	王禎和
35	異域	鄧克保（即柏楊）
36	曾國藩	唐浩明
37	原鄉人	鍾理和
38	白鹿原	陳忠實
39	長恨歌	王安憶
40	吉陵春秋	李永平
41	黃禍	保密（即王力雄）
42	狂風沙	司馬中原
43	豔陽天	浩然
44	公墓	穆時英
45	舊址	李銳
46	星星・月亮・太陽	徐速
47	台灣人三部曲	鍾肇政
48	洗澡	楊絳
49	旋風	姜貴
50	荷花淀	孫犁
51	我城	西西
52	受戒	汪曾祺
53	鐵漿	朱西甯
54	世紀末的華麗	朱天文
55	蜀山劍俠傳	還珠樓主
56	又見棕櫚・又見棕櫚	於梨華

57	浮躁	賈平凹
58	組織部新來的年輕人	王蒙
59	玉梨魂	徐枕亞
60	香港三部曲	施叔青
61	京華煙雲	林語堂
62	倪煥之	葉聖陶
63	春桃	許地山
64	桑青與桃紅	聶華苓
65	藍與黑	王藍
66	二月	柔石
67	風蕭蕭	徐訏
68	芙蓉鎮	古華
69	地之子	臺靜農
70	城南舊事	林海音
71	古船	張煒
72	酒徒	劉以鬯
73	未央歌	鹿橋
74	沉重的翅膀	張潔
75	果園城記	師陀
76	人啊，人！	戴厚英
77	黃金時代	王小波
78	狗日的糧食	劉恆
79	棋王	張系國
80	賴索	黃凡
81	妻妾成群	蘇童
82	霸王別姬	李碧華
83	殺夫	李昂
84	楚留香	古龍
85	窗外	瓊瑤
86	沉默之島	蘇偉貞
87	白髮魔女傳	梁羽生
88	古都	朱天心

89	尹縣長	陳若曦
90	四喜憂國	張大春
91	喜寶	亦舒
92	男人的一半是女人	張賢亮
93	將軍底頭	施蟄存
94	藍血人	倪匡
95	二十年目睹之怪現狀	吳趼人
96	活著	余華
97	岡底斯的誘惑	馬原
98	十年十癮	林斤瀾
99	北極風情畫	無名氏
100	雍正皇帝	二月河

INK PUBLISHING
文學叢書 196

匆忙的文學

作　　者　邱立本
總 編 輯　初安民
責任編輯　陳思妤
美術編輯　黃昶憲
校　　對　陳思妤　邱立本

發 行 人　張書銘
出　　版　INK印刻文學生活雜誌出版有限公司
台北縣中和市中正路800號13樓之3
電話：02-22281626
傳真：02-22281598
e-mail:ink.book@msa.hinet.net
網　　址　舒讀網http://www.sudu.cc

法律顧問　漢廷法律事務所
劉大正律師
總 代 理　展智文化事業股份有限公司
電話：02-22533362・22535856
傳真：02-22518350
郵政劃撥　19000691 成陽出版股份有限公司
印　　刷　海王印刷事業股份有限公司

出版日期　2008年 7 月 初版
ISBN　978-986-6631-17-7

定價　280元

國家圖書館出版品預行編目資料

匆忙的文學 ／
邱立本著.－－初版.－－
台北縣中和市：INK印刻文學,
2008.07 面； 公分.--（文學叢書；196）
ISBN 978-986-6631-17-7（平裝）

078　　97010962

INK INK INK INK INK INK
INK INK INK INK INK
INK INK INK INK INK INK
INK INK INK INK INK
INK INK INK INK INK INK
INK INK INK INK INK
INK INK INK INK INK INK
INK INK INK INK INK
INK INK INK INK INK INK
INK INK INK INK INK
INK INK INK INK INK INK
INK INK INK INK INK
INK INK INK INK INK INK
INK INK INK INK INK
INK INK INK INK INK INK
INK INK INK INK INK
INK INK INK INK INK INK
INK INK INK INK INK
INK INK INK INK INK INK
INK INK INK INK INK
INK INK INK INK INK INK
INK INK INK INK INK
INK INK INK INK INK INK
INK INK INK INK INK

K INK INK INK INK INK INK
NK INK INK INK INK INK IN
K INK INK INK INK INK INK
NK INK INK INK INK INK IN
K INK INK INK INK INK INK
NK INK INK INK INK INK IN
K INK INK INK INK INK INK
NK INK INK INK INK INK IN
K INK INK INK INK INK INK
NK INK INK INK INK INK IN
K INK INK INK INK INK INK
NK INK INK INK INK INK IN
K INK INK INK INK INK INK
NK INK INK INK INK INK IN
K INK INK INK INK INK INK
NK INK INK INK INK INK IN
K INK INK INK INK INK INK
NK INK INK INK INK INK IN
K INK INK INK INK INK INK
NK INK INK INK INK INK IN
K INK INK INK INK INK INK
NK INK INK INK INK INK IN
K INK INK INK INK INK INK
NK INK INK INK INK INK IN

K INK INK INK INK INK INK
INK INK INK INK INK INK IN
K INK INK INK INK INK INK
INK INK INK INK INK INK IN
K INK INK INK INK INK INK
INK INK INK INK INK INK IN
K INK INK INK INK INK INK
INK INK INK INK INK INK IN
K INK INK INK INK INK INK
INK INK INK INK INK INK IN
K INK INK INK INK INK INK
INK INK INK INK INK INK IN
K INK INK INK INK INK INK
INK INK INK INK INK INK IN
K INK INK INK INK INK INK
INK INK INK INK INK INK IN
K INK INK INK INK INK INK
INK INK INK INK INK INK IN
K INK INK INK INK INK INK
INK INK INK INK INK INK IN
K INK INK INK INK INK INK
INK INK INK INK INK INK IN
K INK INK INK INK INK INK
INK INK INK INK INK INK IN